Über den Autor:

Sandro Hübner, geboren am 07. August 1991 in Görlitz. Besuchte erfolgreich die Schule und widmete sich mit 10 Jahren Kurzgeschichten, Gedichten und Vorträgen die sehr umfangreich verfasst waren. Als er 17 Jahre alt war und sich als Schriftsteller die Zeit, für seinen Ersten Roman: SAD SONG - Trauriges Lied - nahm, machte ihm das Schreiben sehr großen Spaß. Sandro Hübner lebt mit seinem Partner in Berlin und arbeitet bereits an seinem nächsten Roman.

Vom Autor bereits erschienen: www.sandrohuebner.de

**In dankbarer und liebevoller Erinnerung
an meine liebe Mama**

**Alle Geschichten, wenn man sie
bis zum Ende erzählt,
hören mit dem Tode auf.
Wer Ihnen das vorenthält,
ist kein guter Erzähler.**

E. Hemingway

SANDRO HÜBNER

DER VERHÄNGNISVOLLE FEHLER ALLER ZEITEN

DAS HAUS DER SEELEN

HORROR

Bibliografische Information der Deutschen Nationalbibliothek:
Die Deutsche Nationalbibliothek verzeichnet diese Publikation in der Deutschen Nationalbibliografie; detaillierte bibliografische Daten sind im Internet über http://dnb.dnb.de abrufbar.

TWENTYSIX – Der Self-Publishing-Verlag
Eine Kooperation zwischen der Verlagsgruppe Random House und BoD – Books on Demand.

© 2019 Sandro Hübner

Herstellung und Verlag:
BoD - Books on Demand, Norderstedt

ISBN: 978-3-7407-5317-7

Alle Rechte, einschließlich die des auszugsweisen Nachdrucks in jeglicher Form und der Übersetzung, sind vorbehalten. Das Werk darf – auch teilweise – nur mit Genehmigung des Autors wiedergegeben werden.

Alle in diesem Roman vorkommenden Personen, Schauplätze, Ereignisse und Handlungen sind frei erfunden. Etwaige Ähnlichkeiten mit lebenden Personen oder Ereignissen sind rein zufällig.

INHALT

Titel	Seite
Der verhängnisvolle Fehler aller Zeiten	9
Das Haus der Seelen	61

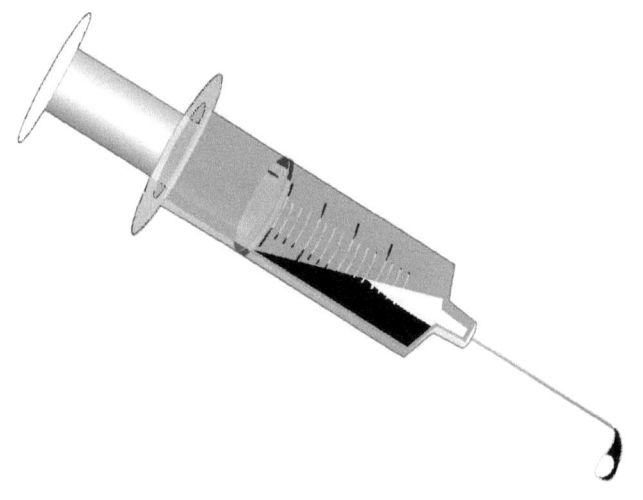

DER VERHÄNGNISVOLLE FEHLER ALLER ZEITEN

Kapitel 1

Am Tag, an dem die Last auf Deinen Schultern unerträglich wird und Du strauchelst, möge die Erde tanzen, Dir das Gleichgewicht wiederzugeben. Und wenn Deine Augen hinterm grauen Fenster zu Eis erstarren und das Gespenst des Verlusts sich in Dich einschleicht, möge ein Schwarm von Farben, Tiefblau, Rot, Grün und Azur, herbeikommen, Dich auf einer Aue der Freude aufzuwecken.

(Altes keltisches Sprichwort)

Es war viertel nach Eins als es an seiner Wohnungstür klingelte und er aus den schönsten Träumen gerissen wurde.

Ted räkelte sich auf seinem Seidenlaken, und weigerte sich, seinen Verstand mit der Realität zu konfrontieren. Zu angenehm waren seine Träume gewesen, welche durch das Klingeln ein abruptes Ende gefunden hatten.

Wie so oft hatte er wieder von Frauen geträumt die er erobern konnte, um sie, sobald sie ihren Reiz für ihn verloren hatten, eiskalt abzuservieren.

Doch eigentlich gab es für ihn keinen Grund sich zu beschweren, hatte sich doch sein ganzes Leben im Laufe der Zeit zu einem einzigen Traum entwickelt.

Ted Cummings fehlte es an nichts. Er bewohnte ein Apartment in einer der besten Gegenden von New York, es strahlte Luxus und Dekadenz aus. Schon die Einrichtung seines Schlafzimmers war mehr wert als das Jahresgehalt eines Durchschnittsbürgers betrug. Er liebte diesen Luxus, und trug diese Vorliebe auch gerne nach außen hin, stellte sie zur Schau wie ein stolzer Pfau sein Federkleid.

Sein Bett war in Handarbeit speziell nach eigenen Wünschen gefertigt worden, den Boden zierte feinster französischer Marmor. Der Kleiderschrank aus kanadischem Teakholz hatte Ausmaße, die manch anderer schon fast als Wohnraum hätte nutzen können.

Doch er brauchte diesen Platz, denn Ted Cummings legte sehr viel Wert auf sein Äußeres, und dazu gehörte auch ein wohl gefüllter Kleiderschrank. An den Wänden hatten zwei Bilder eines berühmten Malers ihren Platz gefunden, selbstverständlich Originale, den Ted sehr verehrte. Wohl aus dem Grunde, da die Bilder einen ebenso verschrobenen Bezug zur Realität ausdrückte, wie er ihn selbst in sich trug. Dieser Gedanke war ihm natürlich nicht bewusst, und er hätte es weder sich noch anderen gegenüber jemals eingestanden.

Überhaupt machte er sich sehr wenig Gedanken über sein Leben, und noch weniger um das der Leute um ihn herum. Ihn kümmerte es nicht, wenn er in der Zeitung von Menschen las denen es bei weitem nicht so gut ging wie ihm. Die Tragödien die sich in der Welt abspielten berührten ihn nicht im Geringsten. Er lebte wie eine Figur in einer Glaskugel, in dem Gedanken dies sei die ganze Welt.

Das Einzige womit er sich täglich befasste war einzig und allein sein eigenes Wohlbefinden. Schließlich konnte er ja nichts dafür dass es nicht jedem so gut ging wie ihm. Er hatte sich sein Glück seiner Meinung nach hart erkämpft, und empfand es mehr als gerecht sich nun auf seinen Lorbeeren auszuruhen.

Es war nicht ungewöhnlich dass er um diese Zeit noch schlief, wirkliche Verpflichtungen hatte er keine. Der Gedanke an Arbeit war ihm fremd, und nötig hatte er es ohnehin nicht, sich sein tägliches Brot zu verdienen. Er hatte niemals in seinem Leben arbeiten müssen um sich seine Wünsche erfüllen zu können. Nie lernen müssen was es hieß für einen Traum zu sparen, oder sich auch mal im Verzicht zu üben.

Seine Eltern waren sehr wohlhabend, und hatten ihm, nach ihrem plötzlichen Tod, ein beachtliches Vermögen hinterlassen. Er dachte nicht gerne an seine Kindheit zurück, zu sehr lastete die Vergangenheit auf ihm. Erlebnisse, die Ted auch mit allem Geld der Welt nicht aus seinem Gedächtnis zu streichen vermochte.

Sein Vater, Bill Cummings, hatte sich im Laufe seines Lebens ein kleines Imperium aufgebaut. Er hatte sehr schwer und hart gearbeitet, um aus seinem kleinen Ein-Mann-Betrieb eine Firma mit über 80 Angestellten zu machen, die auch weit über die Grenzen New Yorks hinaus bekannt und angesehen war.

Als er in den Nachkriegsjahren erkannte dass es niemanden in seiner Umgebung gab der sich auf den Import von seltenen Hölzern spezialisiert hatte, ergriff er die Gelegenheit, nahm sein wenig Erspartes zusammen und gründete die Cummings Corporation. Allen Unkenrufen und Anfangsschwierigkeiten zum Trotze hielt er an seiner Idee unnachgiebig fest. Nach nur wenigen Jahren hatte er es allen Skeptikern gezeigt und der Name „Cummings Corporation" war ein Name geworden der jedem, nicht nur in der Holzbranche, ein Begriff war.

Bill war stets ein liebevoller Ehemann und Vater gewesen. Er arbeitete hart um seiner Familie ein sorgenfreies Leben zu ermöglichen. Zeit war dadurch nur Mangelware, aber die wenigen freien Stunden die ihm zur Verfügung standen verbrachte er am liebsten im Kreise seiner Familie. Nachbarn und Freunde beneideten die Cummings nicht selten um ihr Verhältnis und ihr Leben. Kurzum, sie waren in vielen Augen eine perfekte Bilderbuchfamilie.

Das liebevolle Verhältnis zu seinem Sohn änderte sich jedoch als klar war, dass Ted ganz andere Pläne und Vorstellungen von seinem Leben hatte, als in die Fußstapfen seines Vaters zu treten und einmal die Firmenleitung zu übernehmen.

Ted hatte niemals Ziele gehabt die er durch eigene Arbeit erreichen wollte, mit der sicheren Gewissheit im Hinterkopf dass er einmal das Vermögen seiner Eltern erben würde, und sich so ein sorgenfreies Leben ermöglichen könnte.

Er hatte schon in frühen Jahren gelernt dass man mit Geld so einiges bewegen konnte. Er war während seiner Schulzeit bei den Mitschülern anfangs nicht sehr beliebt gewesen, was sich schlagartig änderte als Ted erkannte dass man nicht nur Gegenstände mit Geld kaufen konnte, sondern auch Menschen und deren „Freundschaften". Wann immer er schon in seinen jungen Jahren auf Probleme stieß, besann er sich auf seine finanziellen Möglichkeiten, und räumte sie dadurch aus dem Weg. Geld regiert die Welt war ein Motto welches Ted mehr als sprichwörtlich nahm.

So hatte er auch seinen damaligen Klassenkameraden Alex Hunter schnell ins Abseits stellen können, als dieser ihm Prügel androhte, weil er

Teds Intrigen und fiese Machenschaften durchschaut hatte. Ted lud die kräftigsten seiner Mitschüler ins Kino ein, finanzierte ihnen ein paar Hamburger, und schon war es Alex Hunter der einen Nachmittages mit blutiger Nase den Schulhof verließ.

Er war sich auch damals schon durchaus seiner Wirkung auf das weibliche Geschlecht bewusst, welche er durch seinen Charme, sein Äußeres, sowie Geschenken zu beeindrucken wusste.

Geld spielte durch seinen vermögenden Vater keine Rolle, und während andere Jungs in seinem Alter in der Ferienzeit arbeiten gingen, sonnte er sich lieber am Badesee und ließ seine Seele baumeln. Bill Cummings hatte sich damals noch keine Gedanken über das Verhalten seines einzigen Sohnes gemacht, in dem Glauben er würde sich und seine Einstellung ändern, im Laufe des Erwachsenwerdens. Ted sollte eine glückliche und unbeschwerte Kindheit erleben. Eine Kindheit die nicht von Krieg, Armut und Arbeit geprägt war, wie sie Bill selbst durchlebt hatte. Das dies ein folgenschwerer Fehler war, erkannte Bill erst als er eines Morgens mit seinem Sohn in einen heftigen Streit geriet, und ihm dieser offenbarte dass er niemals die Firma übernehmen werde. Woraufhin dieser ihm den Geldhahn abdrehte. Er strich ihm kurzerhand die monatlichen Schecks und Ted drohte von heute auf Morgen ein Niemand zu werden.

Doch nicht mit Ted Cummings, er wollte kein Niemand werden wie all die Anderen draußen auf der Straße, die jeden Morgen zu ihren unterbezahlten Jobs hetzten und die er so verachtete.

Er hatte sich nach dem Abschluss an der HighSchool einen sehr kostspieligen Lebenswandel angeeignet, was nur durch das Geld seines Vaters möglich war.

Wenn es nach ihm gegangen wäre hätte er nicht einmal die Schule abgeschlossen, zu sehr nervten ihn die Lehrer und der Zwang etwas leisten zu müssen. An Intelligenz mangelte es ihm nicht, und so wusste er, dass er seinen Vater nicht zu sehr verärgern durfte. So hangelte er sich trotz innerer Ablehnung mehr schlecht als recht bis zum Abschluss durch. Aber die Firma seines Vaters zu übernehmen, das ging Ted dann doch entschieden zu weit. Er war angewidert von dem Gedanken Verantwortung tragen zu müssen und einer regelmäßigen Arbeit nachzugehen.

Dass sein Vater ihm tatsächlich sämtliche Mittel streichen würde, damit hatte er nicht gerechnet. Sein ach so einfaches und sorgenfreies Leben schien plötzlich wie eine Seifenblase zu zerplatzen. Sämtliche Versuche seinen Vater umzustimmen schlugen fehl. So war Ted Cummings gezwungen die Initiative zu ergreifen und getreu dem Motto seines Vaters Jeder ist seines eigenen Glückes Schmied zu handeln.

Er kam auf den Gedanken seinem Glück wieder etwas auf die Sprünge zu helfen. Sein Vater war ein leidenschaftlicher Flieger und Ted besann sich auf einen Film den er vor kurzer Zeit gesehen hatte. Er erinnerte sich kaum noch an die genaue Handlung, wohl aber an die Szene als die eifersüchtige Frau ihrem Ehemann Zucker in den Tank des Flugzeuges füllte, woraufhin dieser in den Tod stürzte.

Er malte sich aus wie es sein würde, wenn seine Eltern nicht mehr am Leben wären, und verspürte nicht den geringsten Anflug von Mitleid.

Schließlich hatte sein Vater es ja geradezu herausgefordert. Seine Mutter spielte dabei lediglich ein armes Bauernopfer das er gerne zu geben bereit war.

Laura Cummings hätte sich nie gegen ihren Mann gestellt, vertrat sie doch die gleiche Meinung wie er. Ihr Sohn war da ganz anders, wahre Liebe war ihm ebenso fremd wie Mitleid und Gewissensbisse. Die einzige Liebe die er wirklich verspürte war die Liebe zum Luxus und Geld.

Er wusste dass seine Eltern jeden Sonntag mit ihrer Cessna flogen. Also machte er sich eines Samstagabends auf den Weg zu dem kleinen Sportflughafen.

Er achtete peinlichst genau darauf von niemandem gesehen zu werden, und lächelte, als er den Zucker langsam in den Tank rieseln ließ. Nur schade dass er das entsetzte Gesicht seines Vaters verpassen würde, wenn er seinem unausweichlichen Ende in ein paar tausend Fuß Höhe entgegen sah.

Als ihn am Nachmittag die Polizei aufsuchte und ihm von dem Unglück berichtete, war Ted innerlich mehr als glücklich. Nach außen hin spielte er den niedergeschlagenen und verzweifelten Sohn, und nahm die Kondolenz mit perfekt aufgesetzter Trauermine entgegen. Das hatten sie nun davon...

Als Absturzursache wurde ein Motorschaden angegeben, und genauere Untersuchungen konnten, aus Mangel an Beweisen, nicht durchgeführt werden. Nichts deutete auf eine Manipulation hin und da die Maschine beim Aufprall explodiert und in Flammen aufgegangen war, wurde die Sache umso schwieriger.

Er hatte sich, um mögliche Untersuchungen und Verdächtigungen an seiner Person von Beginn an seinen Plan keine Gedanken gemacht. Ein Mann in der Position von Bill Cummings hatte sehr viele Neider und Konkurrenten. Er war ein knallharter Geschäftsmann, und hatte einige Mitbewerber nahe an den Rand des Ruins getrieben.

An die Testamentseröffnung dachte er sehr gerne zurück, hatte er wohl mit einer bedeutenden Summe gerechnet, jedoch nicht mit den beiden Lebensversicherungen die sein Vater einmal abgeschlossen hatte, damit sein Sohn gut versorgt sein würde, sollte Bill und Laura etwas passieren.

Es klingelte erneut an seiner Tür. Einschlafen konnte er nun eh nicht mehr, und so rappelte Ted sich langsam auf, zog seinen Bademantel über, ging zur Tür und schaute durch den Spion.

Niemand war zu sehen.

Langsam öffnete er die Tür und sah ein kleines Päckchen vor sich auf dem Boden liegen. Auf dem Flur war weit und breit keine Menschenseele. Seltsam, dachte er bei sich während er in die Knie ging und sich das Päckchen etwas näher ansah.

Ein Absender war nicht zu sehen, und auch sonst nichts was auf den Inhalt schließen ließ.

Es kam zwar des Öfteren vor, dass er anonyme Post bekam, jedoch waren das in der Regel Briefe und keine Päckchen.

Die Briefe hatten alle oftmals einen ähnlichen Inhalt. Sie stammten von eifersüchtigen Freunden oder Ehemännern die seine Adresse herausgefunden hatten und ihm klar machten, dass er nicht mehr lange zu leben hätte, sollte er ihre Frauen auch nur noch ein einziges Mal anrühren. Immer wieder das gleiche Blabla.

Wobei ihm das schon von Natur aus fern lag, denn die Frauen verloren alle ihren Reiz, nachdem er sein Ziel bei ihnen erreicht hatte. Das Ziel war bei allen nur das Eine, sie endlich ins Bett zu bekommen.

Als die ersten Briefe dieser Art in seinem Briefkasten lagen, war Ted noch betroffen und schockiert. Schließlich wusste er selbst am besten, was Menschen zu tun bereit waren, wenn sie Gefahr liefen, etwas zu verlieren das ihnen lieb und teuer war.

Doch da keiner dieser Schreiberlinge auch nur einmal den Versuch unternommen hatte ihm ernsthaft Schaden zuzufügen, war er mittlerweile nur noch amüsiert, wenn er wieder ein solches Schreiben in seiner Post vorfand.

Er hob das Päckchen vorsichtig auf und ging in sein Apartment zurück.

Eigentlich war von außen nichts Ungewöhnliches zu entdecken, dennoch hatte Ted ein ungutes Gefühl, das er sich selbst nicht erklären konnte.

Er legte es auf den Tisch und ging in die Küche um sich einen Kaffee zu machen, als das Telefon klingelte.

Was war heute nur los dass alle Welt ihn zu so früher Zeit schon belästigte?

Er lief ins Wohnzimmer und stieß mit dem großen Zeh an den Fuß seines schweren Mahagoni-Tisches. Ted schrie laut auf, verfluchte die ganze Welt, und rieb sich seinen Fuß.

Das Telefon klingelte weiter und weiter.

„Ich bin ja schon auf dem Weg", schrie er den Apparat an, wohlwissend dass dieser sich nicht im Geringsten um seinen Ärger scherte.

Er humpelte bis zu seiner Couch, und schwor sich, dem Anrufer gehörig die Meinung zu geigen, wenn es keinen wichtigen Grund für diese Störung gab.

Entnervt hob er den Hörer ab und stieß nur ein kurzes „Ja?" in den Hörer.

„Hallo Ted", hauchte es am anderen Ende.

„Wer spricht denn da?", erwiderte Ted, dessen Ärger aufgrund der sehr angenehmen weiblichen Stimme etwas zurückgegangen war. Doch es kam keine Antwort.

„Hallo?" fragte er erneut, doch wieder war nichts zu hören.

Genauso schnell wie sein Ärger abgeklungen war, kam er nun wieder in ihm auf. Die Schmerzen in seinem Zeh wurden wieder stärker und er spürte ein starkes Pochen in seinem rechten Fuß.

„Haben Sie denn nicht mehr zu sagen außer Hallo Ted?", stieß er aufgebracht in den Hörer.

Gerade als er auflegen wollte meldete sich die Stimme wieder: „Wer ich bin willst Du wissen, das hat noch Zeit. Dein Leben wird sich ändern, mach Dich bereit."

Er zögerte einen Moment, unsicher was er darauf antworten sollte.

„Was heißt mein Leben wird sich ändern? Wer sind sie und was wollen sie überhaupt von mir?", fragte er schließlich. Doch es war nichts mehr zu hören. Er hörte nur das Rauschen der Telefonleitung.

Was war denn das für eine Verrückte? Sollte es eine seiner zahllosen vergangenen Liebschaften sein, so konnte er sich zumindest nicht an die Stimme erinnern. Er war sicher, dass er diese Stimme nicht einfach vergessen hätte, trotz der wenigen Worte die er gehört hatte, zu außergewöhnlich war ihr Klang.

Sie hatte etwas unglaubliches Weiches und sanftes in sich, wirkte andererseits aber sehr ernst und entschlossen. Während er weiter über die Stimme und ihre Worte nachdachte, spürte er wie die Schmerzen in seinem Fuß immer stärker wurden.

Er hoffte dass es nur eine Verstauchung war und nicht womöglich ein Bruch.

Er humpelte in die Küche zurück um sich ein Päckchen Eis aus dem Kühlschrank zu holen. Auf dem Küchentisch sah er seine noch immer leere Tasse stehen, und ärgerte sich, dass er dem Klingeln des Telefons nachgegeben, statt sich einen Kaffee aufzusetzen wie er es eigentlich vorgehabt hatte.

Ihm wären nicht nur dieser merkwürdige Anruf, sondern auch die Schmerzen im Fuß erspart geblieben.

Er nahm die Tasse und stellte sie unter seine Kaffeemaschine, froh darüber, dass er sich eine dieser neuartigen Maschinen gekauft hatte, bei denen man nur noch auf ein Knöpfchen drücken muss, statt jedes Mal mit Filtern und Kaffee zu hantieren.

Er hörte das Mahlen der Bohnen und sog das Aroma frisch gemahlenen Kaffees tief in seine Lungen ein. Plötzlich gab es ein lautes Zischen und ein Geräusch von quietschendem Metall erfüllte den Raum.

„Was ist das heute für ein verdammter scheiß Tag", schrie er die nun stumme Maschine an.

„Erst werde ich geweckt, stoße mir beim Anruf einer Irren den Fuß, und letztendlich gibt meine

Kaffeemaschine auch noch den Geist auf", summierte er die Ereignisse des noch jungen Tages.

Ach ja, das Päckchen, das hatte er bei der ganzen Aufregung völlig vergessen.

Er nahm seinen Eisbeutel, und hüpfte auf einem Bein zu dem Tisch, auf dem er die anonyme Post abgelegt hatte. Ted schob sich das Päckchen unter den Arm und schleppte sich ins Schlafzimmer. Dort angekommen legte er sich auf das Bett und platzierte den Eisbeutel auf seinen mittlerweile angeschwollenen, rotgefärbten Zeh.

Die Kälte war anfangs unangenehm, doch schon bald spürte er wie die Schmerzen etwas zurückgingen.

Aus der Schublade seines Nachttisches holte er eine Packung Tabletten um seine Schmerzen zu lindern, und nahm gleich zwei, die er ohne Flüssigkeit hinunterschluckte.

Wieder nahm er das Päckchen in die Hand, welches er neben sich auf das Bett gelegt hatte. Er drehte und wendete es, konnte aber noch immer nichts Ungewöhnliches daran feststellen. Er presste sein Ohr dagegen und lauschte gespannt, doch ein Ticken war nicht zu hören. Somit konnte man hoffentlich eine Bombe ausschließen.

Er beschloss das Paket zu öffnen, nur so würde er die Ungewissheit was sich darin verbergen mochte beiseiteschaffen, und seine Neugier befriedigen.

Ted entfernte das Packpapier, und erblickte eine Pappschachtel. Er öffnete den Karton und sah hinein.

Er wollte nicht glauben was sich darin verbarg. Sein Magen drehte sich um, und er hatte alle Mühe den aufkommenden Brechreiz zu unterdrücken.

Sein Verstand versuchte dass soeben gesehene zu verdrängen, doch der Inhalt war real, und ließ sich nicht durch reine Willenskraft aus der Welt schaffen.

Kapitel 2

Gedankenversunken lief Tim die Straße entlang. Es war ein aufregender Tag für ihn gewesen. Immerhin war es für einen achtjährigen nichts Alltägliches vor versammelter Gruppe ein eigenes Referat abzuhalten.

Sicher, er kannte jedes einzelne der Kinder seiner Klasse 3b, dennoch hatte er am Abend zuvor ein unangenehmes Ziehen in der Magengrube verspürt.

Beim Abendessen hatte er kaum einen Bissen heruntergekommen, seine Kehle war wie zugeschnürt gewesen. Seine Mom versuchte ihn zu beruhigen, und erklärte dass er sich keine Sorgen machen solle, selbst Stars wie er sie aus dem Fernsehen kannte, wären vor ihren Auftritten nervös.

Es war unmöglich für ihn sich vorzustellen, dass es noch jemandem auf der Welt gäbe, dem es so schlecht gehen könnte wie ihm.

Noch weniger konnte er seiner Mutter glauben dass die Erwachsenen im Fernsehen vor einem Auftritt ebenso aufgeregt waren wie er. Schließlich waren sie schon groß, und nicht wie er ein kleines Kind.

Tim war auf sein Referat gut vorbereitet, aber die Angst keinen Ton sagen zu können oder gar zu stottern, während seine Klasse und sein Lehrer zusahen, lastete fast übermächtig auf seinen Schultern. Der Gedanke ließ ihn nicht mehr los.

Seine Mutter war in sein Zimmer gekommen um ihm wie jeden Abend eine Gute-Nacht-Geschichte vorzulesen, doch er war zu nervös um ihr auch nur im Geringsten zu folgen.

So bat er sie, zum ersten Mal solange er sich noch zurückerinnern konnte, mit dem Lesen aufzuhören, und ihm zu erklären was mit ihm eigentlich los war.

Tim war vollkommen aufgewühlt, und weder in der Lage zu verstehen woher die Schmerzen kamen, noch warum er so nervös war.

Wie hieß nochmal das Wort das sie ihm gesagt hatte? „Lampenfieber" murmelte er nach kurzem Überlegen.

Seine Mutter hatte über Tims Frage lachen müssen, als er wissen wollte wieso Lampen Fieber bekommen könnten, und zu welchem Doktor sie dann gehen müssten. Und was sollte dass überhaupt mit seinen Scherzen zu tun haben? Er hatte noch nie davon gehört dass auch Lampen krank werden.

Nun wusste er, nach der Erklärung seiner Mutter, was das Wort bedeutete. Helfen konnte sie ihm allerdings nicht damit.

Seine Nacht war unruhig, und er wälzte sich im Bett von einer Seite auf die andere.

Als Tim am Morgen aufgestanden war, fühlte er sich noch schlechter als am Vortag. Das Ziehen im Magen war nun noch stärker geworden, und er fühlte sich schlapp und müde.

Sein Ärger über sich selbst wuchs von Minute zu Minute. Wieso war er so doof gewesen und seine Hand gehoben, als sein Biologielehrer einen Freiwilligen suchte, der ein Referat über Tiere im Zirkus nicht nur vorbereiten, sondern letztendlich vortragen sollte. Es war wie ein Reflex, den er in diesem Moment nicht hatte kontrollieren können, ähnlich dem Gefühl das man beim Niesen verspürt.

Er war schon immer in Tiere vernarrt, und der Zirkusbesuch im letzten Jahr war ihm noch sehr gut in Erinnerung. Das große Zirkuszelt, die Clowns, die Akrobaten – an all das erinnerte er sich gerne. Doch waren es die Tiernummern, die tiefe Spuren in seinem Gedächtnis hinterlassen hatten.

Eine Spur von Angst war in ihm aufgekommen, als der Dompteur die Manege betreten hatte, und die Tiger und Löwen durch das Gitter kamen. Doch was dann folgte, verwandelte seine Angst in grenzenloses Staunen.

Bisher hatte er diese Tiere nur im Fernsehen oder Büchern gesehen, tatsächlich waren sie noch viel, viel schöner anzuschauen.

Wie gerne würde auch er einmal so eine schicke Uniform tragen, und mit Stock und Peitsche in den Händen, diese Raubkatzen bei ihren Attraktionen führen. Das Tiger und Löwen Raubkatzen waren, stand in dem Buch, das ihm seine Mutter zum letzten Geburtstag geschenkt hatte. Zweifellos würde er die Tiere niemals mit der Peitsche schlagen, aber als Dompteur brauchte man sie um diesen lauten Knall in der Luft zu vollführen.

Die Liebe zu den Tieren war es, die ihn in diese Lage gebracht hatte.

Zu Beginn war er sehr stolz gewesen, sein erstes Referat in seinem noch jungen Leben vorbereiten zu dürfen. Seine Mutter unterstützte ihn soweit er es zuließ, und so hatte er nicht allzu lange gebraucht um die Vorbereitungen abzuschließen.

Doch die Ängste die sich in ihm aufgebaut hatten, stellten sich als völlig unbegründet heraus. Tim war nur zweimal während des gesamten Vortrages aus seinem Text gekommen, und hatte Applaus und Lob von seinem Lehrer und seinen Klassenkameraden bekommen. Diese Gedanken schwirrten, auf seinem Weg nach Hause, in seinem Kopf umher. Er war stolz und fühlte sich nun nicht mehr als kleiner Junge.

Als er nur noch wenige Minuten des Weges vor sich hatte, wurde seine Aufmerksamkeit durch ein buntes Plakat an einer Litfaßsäule erregt.

Auf dem Plakat waren vier Tiger abgebildet, die in einem Halbkreis, das Maul weit geöffnet, aufrecht auf ihren Podesten saßen. Vor ihnen stand ein Dompteur wie ihn Tim bei seinem letzten Zirkusbesuch gesehen hatte. Über dem Bild stand in großen Buchstaben „Circus Simbali", weiter unten in etwas kleineren Buchstaben „Am Donnerstag den 13.11.2003 in Ihrer Stadt".

Er spürte wie sein Herzschlag immer schneller wurde, und er vor lauter Aufregung einen ganz trockenen Mund bekam. Er rieb sich die Augen und blickte wieder auf das Plakat. Es war immer noch da, es war also nicht nur ein Traum gewesen.

Ein Zirkus bei ihm in der Stadt?

Ohne Frage, da musste er einfach hin.

Er zog seinen Schulranzen eng an sich und begann immer schneller zu laufen. Er rannte als würde es um sein Leben gehen, von der Angst getrieben etwas zu verpassen.

Dabei war heute doch erst Montag, es waren also noch drei Tage Zeit. Doch Tim wollte so schnell wie möglich zu seiner Mutter, um ihr seine Entdeckung mitzuteilen.

Ihm kam die Strecke wie eine Ewigkeit vor, obgleich er nur wenige hundert Meter zurückzulegen hatte. Ein lautes Hupen schreckte ihn auf. Vor lauter Eile hatte er an einer Kreuzung das Rotlicht einer Ampel übersehen, und ohne auf den Verkehr zu achten auf die Straße gerannt. Nun fand er sich wenige Zentimeter entfernt vor dem Kühlergrill eines Autos wieder. Der Fahrer öffnete die Tür und stieg aus, um sich zu vergewissern das dem kleinen Jungen nichts geschehen war. Doch Tim hatte, nachdem der Schrecken überwunden war, seinen Dauerlauf wieder fortgesetzt, ohne auf das Rufen des Mannes zu reagieren.

Vollkommen außer Atem erreichte er endlich die Haustüre, klingelte und klopfte im stürmischen Wechsel, bis die Tür endlich von seiner Mutter geöffnet wurde.

„Was ist denn mit Dir passiert Timmy?" fragte sie ihn mit Schrecken im Gesicht, „geht's Dir gut?"

Der Versuch ihr auf die Frage zu antworten scheiterte mit einem kläglichen Laut. Mehr brachte Tim dank seiner trockenen Kehle und den brennenden Lungen nicht heraus. Um seiner Mutter die Frage dennoch zu beantworten nickte er nur stumm mit dem Kopf.

„Komm erst mal rein und setz Dich mein Schatz, ich hole Dir ein Glas Saft. Und dann erzählst Du mir in aller Ruhe was passiert ist, ok?"

Tim versuchte zu protestieren, sah aber ein dass aller Protest der Welt nichts nutzen würde. Seine Mutter war voller Liebe für ihn, und schimpfte sehr selten. Doch wenn sie wollte, konnte sie verdammt dickköpfig sein.

So nickte er nur erneut und ging ins Wohnzimmer.

Auf der Couch angekommen, versuchte er zu Atem zu kommen. Er wollte seiner Mom nicht noch mehr Argumente liefern um ihn vorübergehend ruhigzustellen.

Das Feuer in seinen Lungen ließ langsam etwas nach, ebenso die Schmerzen in seinen Beinen. Doch sein Herzschlag wollte sich nicht beruhigen, zu groß war die Aufregung die in ihm wühlte.

Es kam ihm wie Stunden vor, bis seine Mom mit einem Glas Saft in der einen, und einem Teller mit Keksen in der anderen Hand, endlich im Wohnzimmer auftauchte. Sie stellte das Glas und den Teller auf den Tisch. Tim griff nach dem Glas und nahm zwei große Schlucke.

„Was um alles in der Welt ist denn passiert Tim?" fragte sie ihn besorgt.

„D-d-d-d-er Zirkus kommt in die Stadt!" platzte es aus ihm heraus, froh endlich die Neuigkeit verkündet zu haben.

Seine Mutter sah ihn mit ungläubigem Blick an. „Bitte? Wiederhole das nochmal. Der Zirkus kommt in die Stadt? Und deswegen kommst Du nach Hause als wäre eine Horde wilder Hunde hinter Dir her?"

Tim war gekränkt, fühlte sich durch die Reaktion seiner Mutter nicht ganz ernst genommen.

„Aber Mama, das ist die Sensation schlechthin. Darf ich bitte dahin gehen? Bitte, bitte!"

Sie war erleichtert dass dies alles war, was ihren Sohn so aus dem Gleichgewicht gebracht hatte.

„Erzähl mir mal wie Dein Referat gelaufen ist. Dann sehen wir weiter", sagte sie mit einem Lächeln auf den Lippen.

„Es war klasse. Alle haben geklatscht und mich gelobt", antwortete er mit hörbarem Stolz.

Er stand auf und holte seinen Schulranzen. Tim zog das Referat heraus und gab es seiner Mutter.

Auf dem letzten Blatt hatte der Lehrer seine Bewertung vermerkt. „Du hast Dir bei Deiner Arbeit sehr viel Mühe gegeben." Und darunter war in roter Schrift ein großes A+ gezeichnet.

Tims Mutter Eleonora nahm ihren Sohn in die Arme, strich ihm über sein volles blondes Haar, und gab ihm einen Kuss auf die Stirn.

„Ich bin sehr, sehr stolz auf Dich mein Kleiner".

Eleonora war als alleinerziehende Mutter um ihr einziges Kind immer sehr besorgt gewesen, war er doch alles was ihr geblieben war, nachdem sich der Vater des Kindes nach der ersten gemeinsamen Nacht aus dem Staub gemacht hatte. Sie konnte es sich überhaupt nicht erklären wie es zu diesem One-Night-Stand überhaupt gekommen war.

Eleonora war nie eine Frau für eine Nacht gewesen, und anfangs gewöhnlich sehr zurückhaltend, wenn sie einen Mann kennenlernte. Doch dieser Mann hatte ihr vom ersten Augenblick an die Sinne geraubt. Sein blendendes Aussehen hatte dabei nicht die entscheidende Rolle gespielt. Vielmehr war es seine Selbstsicherheit und Souveränität die er ausstrahlte.

Er hatte sie höflich in einem Café angesprochen und gefragt ob er sich zu ihr setzen dürfe. Eleonoras Kopf sagte ihr das sie seine Frage verneinen sollte, doch statt dessen brachte sie nur ein „Ähm, gerne" hervor.

Sie unterhielten sich über die verschiedensten Themen, und sie spürte wie ihr Blut immer mehr in Wallung geriet, ihr Hormonhaushalt völlig verrücktspielte. Wie lange hatte sie sich schon nicht mehr einem Mann hingegeben dachte sie sich, während sie ihn ansah.

Sie sah auf seine Hände, und ertappte sich bei der Vorstellung was diese Hände auf ihrem Körper anstellen würden, wenn sie es nur zuließ.

„. . . leider gehen. Hallo?" hörte sie seine Stimme und wurde aus ihrem erotischen Tagtraum gerissen. „Wo sind sie denn mit ihren Gedanken?" fragte er sie lachend.

„Äh mir ist nur gerade etwas eingefallen dass ich noch erledigen muss", antwortete sie, und spürte wie ihr die Schamesröte ins Gesicht stieg.

Er sprach sie nicht auf die wechselnde Gesichtsfarbe an. Er ist ein echter Gentleman, er muss doch merken was er mit mir macht.

„Ich sagte dass ich nun leider gehen muss. Es war ein sehr nettes Gespräch und ich möchte mich für ihre Gesellschaft bedanken".

Er würde genauso schnell aus ihrem Leben verschwinden wie er hineingetreten war.

Angst stieg in ihr auf, sie wollte ihn nicht einfach wieder loslassen. Zu sehr hatten die Hormone mittlerweile die Überhand über ihr Denkvermögen gewonnen.

„Das ist schade, wirklich. Auch ich habe ihre Gesellschaft sehr genossen."

Er stand auf und verabschiedete sich von ihr. "Die Rechnung geht natürlich auf mich".

Sollte das nun alles gewesen sein? Sie suchte nach den passenden Worten um ihn aufzuhalten während er sich auf den Ausgang des Cafés zubewegte.

„Bitte warten Sie einen Moment" rief sie ihm nach.

Ihr den Rücken zugewandt konnte sie sein siegessicheres Lächeln nicht sehen, das sich auf seinem Gesicht ausbreitete.

„Sie sagten doch dass sie etwas von Kunst verstehen. Ich habe ein Gemälde zuhause, ein Erbstück meiner Großeltern. Hätten sie vielleicht noch eine halbe Stunde Zeit um sich das Bild anzuschauen um mir zu sagen ob es wertvoll ist? Ich wohne nur ein paar Minuten von hier."

Den Blick auf seine Uhr gerichtet entgegnete er, „Eine halbe Stunde hätte ich noch, wenn ich ihnen damit einen Gefallen tun kann".

Sie konnte kaum glauben was er gerade von sich gegeben hatte. Sie war keine hässliche Frau, dessen war sie sich bewusst. Aber das ein solcher Mann mit zu ihr nach Hause kam, das hätte sie sich nicht träumen lassen.

Bei ihr angekommen, bat sie ihn im Wohnzimmer Platz zu nehmen. Sie ging ins Schlafzimmer und nahm das Gemälde von der Wand. Ihr war es gleichgültig ob das Gemälde wertvoll war oder nicht. Es handelte sich wirklich um ein Erbstück ihrer Großeltern, und sie hätte es für keinen Preis der Welt verkauft. Doch irgendeinen Grund hatte sie ja gebraucht um diesen für sie einzigartigen Mann in ihre Wohnung zu bekommen.

Als sie sich umdrehte, stand er plötzlich vor ihr und sah ihr tief in die Augen. Ehe sie sich versah lagen sie auf dem Bett und spürte seine Hände auf ihrem vor Erregung bebenden Körper.

Es war eine berauschende Nacht wie sie sie noch nie zuvor in ihrem Leben erfahren hatte. Sie liebten sich wieder und wieder. Er raubte ihr völlig den Verstand und sie gab sich ihm hin, ohne zu registrieren was sie tat.

Glücklich war sie in seinen Armen eingeschlafen, den Gedanken in sich tragend vielleicht den Mann fürs Leben gefunden zu haben.

Doch als sie am nächsten Morgen erwachte war der Platz neben ihr leer.

Er hatte nichts hinterlassen, keine Nachricht dass er wiederkommen würde, oder wie sie ihn erreichen könnte, nichts. Wie sollte sie ihn in einer Stadt wie New York wiederfinden. Ihr fiel ein dass sie noch nicht einmal seinen Namen wusste.

Eleonora war die nächsten Tage immer und immer wieder in das Café gegangen, in der Hoffnung ihn vielleicht wiederzusehen. Doch ihre Hoffnung blieb zwecklos und schwand von Tag zu Tag mehr.

Als nach drei Wochen ihre Regel ausblieb suchte sie ihren Frauenarzt auf. Er offenbarte ihr worüber sie sich eigentlich schon vorher klar gewesen war; sie war schwanger.

An das Thema Verhütung hatte sie in dieser verhängnisvollen Nacht überhaupt nicht nachgedacht. Zu sehr war sie von diesem Mann und ihren Gefühlen überrumpelt worden. Sie würde das Kind austragen, das stand für sie fest, auch ohne den Vater des Kindes an der Seite zu haben. Sie würde dieses Kind alleine großziehen und das Beste tun um aus ihm einen guten Menschen zu machen.

Sie sah Tim an, und freute sich innerlich ihre Aufgabe bisher scheinbar so gut erfüllt zu haben.

Er war ein lebenslustiger kleiner Junge, etwas introvertiert, aber dennoch überall sehr beliebt und gern gesehen. Er war intelligent und zudem auch noch sehr hübsch. Kurzum ein Sohn wie ihn sich eine Mutter nur wünschen kann.

Tim sah sie mit seinen großen blauen Augen an und setzte seinen perfekten Dackelblick auf.

„Darf ich nun in den Zirkus gehen?"

Eleonora fiel es immer schwer ihrem Sohn eine Bitte abzuschlagen, doch nachdem er nun die Bestnote für sein Referat erhalten hatte, und sie zudem mit seinen großen, flehenden Augen ansah, konnte sie gar nicht anders als seinem Flehen nachzugeben.

„Ja Tim, wir werden zusammen gehen. Als Belohnung für die tolle Note. Wann kommt denn der Zirkus?"

Tims kleines Herz hüpfte vor Aufregung. „A-a-a-am Donnerstag! Klasse Mami, danke, danke, danke."

Kapitel 3

Ted fühlte sich noch immer völlig benommen. Nach seinem schrecklichen Fund war er auf die Toilette gestürzt und hatte sich übergeben. Er fühlte sich hundeelend, und hoffte dass eine ausgiebige Dusche seine Lebensgeister wieder wecken würde. Doch selbst das kalte fließende Wasser konnte nicht die erwünschte Wirkung erreichen. Er fühlte sich in keinster Weise besser.

Als er spürte dass seine Knie nachgaben, beschloss er sich wieder auf sein Bett zu legen.

Wenigstens sind die Schmerzen etwas zurückgegangen dachte er für sich. Außer ein leichtes Ziehen war kaum noch etwas von seinem heftigen Zusammenstoß zu spüren. Er versuchte seine Gedanken zu ordnen, zu begreifen was passiert war.

Wer um alles in der Welt kommt in Frage mir ein solches Paket zu schicken grübelte er, doch alles Nachdenken führte ins Leere.

Sicher, er war nicht gerade jemand den man einen allseits beliebten Menschen nennen würde, aber wieso sollte man ihm eine abgerissene Kralle schicken? Ted war sich nicht sicher von welchem Tier die Kralle stammte, zu schnell hatte er das Paket in die hintere Ecke seines Schlafzimmers geworfen, nachdem er den Inhalt ins Auge gefasst hatte.

Es war kein Brief dabei gewesen, nichts was den Sinn und Zweck hätte erklären können. Er starrte auf das Päckchen und versuchte den wieder aufkommenden Ekel zu überwinden.

Er wusste, er würde noch einmal hineinschauen müssen, vielleicht hatte er ja doch etwas übersehen.

Mit zitternden Händen stand er auf und humpelte zu der Schachtel. Langsam und vorsichtig, mit weit von sich gestreckten Armen, öffnete er den Karton.

Ted hoffte er würde irgendeinen Hinweis finden, was es mit dem Inhalt auf sich hatte, doch es war außer der blutigen Kralle nichts zu sehen. Während er sie sich etwas näher ansah musste er alle Willenskraft aufbringen, um dem aufkommenden Brechreiz nicht nachzugeben.

Sie stammte möglicherweise von einem Vogel, vielleicht einem Huhn oder dergleichen, doch sicher war er sich nicht. Er legte die Schachtel beiseite und überlegte was er als nächstes tun sollte.

Ich brauche jetzt erst mal einen Drink, vielleicht beruhigt das meinen Magen wieder. Er ging zu der kleinen Bar neben dem Bett, und nahm eine Flasche Scotch heraus. Ein kleines Gläschen reicht jetzt beileibe nicht. Er nahm er ein Longdrinkglas, füllte es bis zum Rand auf, nahm einen großen Schluck, und spürte den Alkohol in der Kehle. Ein wohlig warmes Gefühl machte sich in seiner Magengrube breit, und er leerte das Glas in wenigen Zügen. Nun fühlte er sich ein wenig besser.

Noch immer unschlüssig wie nun weiter vorzugehen war ging er an seine Hi-Fi-Anlage und legte eine CD mit klassischer Musik ein, das würde ihn wieder beruhigen. Doch als er die Anlage einschaltete gab sie nur ein Zischen von sich, woraufhin aus der Rückseite ein weißer, übel riechender Qualm quoll.

„Gibt hier heute alles seinen Geist auf?", beschwerte er sich lautstark.

Er würde mit dem Händler ein ernstes Wörtchen reden müssen, schließlich hatte er eine hübsche und ordentliche Summe für diese Anlage hingeblättert.

Ted beschloss in das Café an der Ecke zu gehen, ein geeigneter Ort um etwas Ruhe und Ablenkung zu finden.

Er ging an seinen Kleiderschrank, nahm sich ein frisch gebügeltes Hemd, sowie einen Anzug heraus und ging ins Bad um sich optisch wieder einigermaßen herzurichten.

So eine Wäscherei ist schon eine feine Sache dachte er bei sich, froh darüber dass es Leute gab, die ihm das Waschen und Bügeln abnahmen.

Im Badezimmer angekommen schaute er in den Spiegel, und war erschrocken über das was ihm da entgegenblickte.

Seine Augen sahen müde aus, er wirkte abgespannt und gestresst. Ted griff in den Spiegelschrank und nahm seinen Rasierer aus dem oberen Fach heraus. Als er das Gerät einschaltete passierte nichts. Er überprüfte den Stecker in der Dose, schüttelte und rüttelte, doch sein Rasierer blieb stumm.

Er sah auf seine Uhr, es war erst kurz nach halb drei, hoffentlich würde dieser Tag bald vorbei sein. Soviel Pech auf einmal kann man doch gar nicht haben.

Er zog Hemd und Anzug an, band sich die Krawatte, und strich sich sein Haar mit reichlich Haargel zurück. So konnte er, wenn auch unrasiert, wieder unter Menschen gehen.

Auf dem Weg zur Tür schaute er unwillkürlich in sein Schlafzimmer, und sah wieder das Päckchen. Er konnte es nicht einfach hier liegenlassen, es musste irgendwie raus aus seiner Wohnung. Aber die Frage ist, nur wie soll er es machen.

Ted ging laut seufzend zu dem Päckchen, nahm es auf, und versuchte krampfhaft nicht an den Inhalt zu denken.

Im Hausflur angekommen öffnete er die Müllklappe, und warf den Karton hinein. Ihm fiel ein Stein von seinem Herzen als er die Klappe wieder schloss, fühlte wie die Last von seinen Schultern wich, und beschloss sich keine weiteren Gedanken mehr darüber zu machen.

Sicher war es nur ein dummer Jungenstreich gewesen, die Kinder hatten heutzutage nichts Besseres zu tun als arglose Bürger zu peinigen, versuchte er sich zu beruhigen.

Er konnte die kleinen Plagegeister nicht leiden, und machte auch keinen Hehl daraus. In der Vergangenheit hatte er sich mit einigen aus der Nachbarschaft angelegt, da sie seiner Meinung nach zu laut und zu lästig waren. Kinder waren seiner Ansicht nach etwas vollkommen Überflüssiges aus der Welt. Wie konnte jemand auf die Idee kommen sich mit solchen Plagegeistern selbst zu bestrafen?

Wenn er erfahren würde dass es eines der Kinder war, dass ihm dieses Päckchen vor die Tür gelegt hatte, würde es mit schlimmerem rechnen müssen als nur angebrüllt zu werden. Er würde ihnen schon zeigen wer der Stärkere war. Niemand sollte ein solches Spielchen ungestraft mit Ted Cummings spielen.

Er schloss seine Tür, ging zum Aufzug und drückte auf den Knopf.

Während er wartete, kam ihm der Gedanke dass heute alles Elektronische scheinbar gegen ihn war, und entschied sich trotz seines angestauchten Zehs lieber die Treppen zu nehmen. In einem Lift stecken zu bleiben würde ihm zu seinem Glück heute noch fehlen.

Auf der Straße angekommen nahm er einen tiefen Atemzug, und spürte wie sich seine Lungen füllten.

Er schaute auf die Straße, das Treiben der Menschen um ihn herum, und fühlte sich wie ausgewechselt. Hier gefiel es ihm wesentlich besser, froh der drückenden Pechsträhne seines Apartments entkommen zu sein. Hier am Puls des Lebens spürte auch er wieder Leben in sich, und alle Gedanken an die grauenvolle Post waren vergessen.

Ted rückte seine Krawatte zurecht, strich sich über sein Haar, und setzte seinen Weg Richtung Café fort.

Er schaute durch die Scheibe in das Innere des Cafés, und war froh kein bekanntes Gesicht unter den Gästen zu erblicken. Auf Smalltalk hatte er wirklich keine Lust, sein einziger Wunsch war in aller Ruhe eine Tasse Kaffee zu trinken, nachdem seine Maschine den Dienst verweigert hatte.

Es dauerte keine Minute bis eine Kellnerin bei ihm war um seine Bestellung aufzunehmen.

„Ich hätte gerne eine große Tasse starken Kaffee" sagte er, und setzte sein gewinnendes Lächeln auf.

Eine sehr hübsche Bedienung, scheint neu hier zu sein. Seine Gedanken schienen sich zu verselbständigen, nahmen ihren eigenen Weg, und ließen die erotischsten Bilder in seinem Gehirn entstehen.

Während Ted diesen Gedanken nachhing, näherte sich die Bedienung mit einem Tablett auf der Hand balancierend, als sie wie aus heiterem Himmel ausrutschte, und das Tablett mitsamt der großen Tasse Kaffee mitten auf Teds Hemd landete.

Ted schrie vor Schreck und Schmerzen laut auf, und stieß bei dem ruckartigen Aufstehen seinen Stuhl nach hinten um.

Die Kellnerin, durch den Schrei von Ted aus ihrer anfänglichen Starre erlöst, eilte auf ihn zu, und versuchte mit einer Serviette den größten Schaden zu beseitigen.

„Können sie sich eigentlich vorstellen was dieser Anzug gekostet hat?" brüllte er sie an.

„E-e-e-s t-t-t-ut mir so leid" versuchte die Kellnerin mit hochrotem Kopf Ted zu beruhigen. „Wie kann ich das nur wieder gutmachen? Es ist mein erster Tag, und ich kann mir wirklich nicht erklären wie das passieren konnte."

Ted sah sie genauer an, und bemerkte ihre üppige Oberweite, welche sich unter ihrer Montur abzeichnete. Schon übernahmen seine Hormone wieder die Kontrolle, und all der Ärger wich von ihm.

„Ist schon ok, es war ja nicht Ihre Absicht" sagte er zu ihr, und gab dabei seine schneeweißen Zähne zum Besten.

Aus dem hinteren Teil des Cafés kam der Besitzer mit bestürzter Mine angestürmt.

„Ich kann mich für meine unfähige Bedienung nur bei ihnen entschuldigen Herr Cummings, die Reinigungskosten übernehme selbstverständlich ich." „Und Sie Sandy sind gefeuert, packen sie ihre Sachen und gehen sie mir aus den Augen!" zischte er die völlig aufgelöste Kellnerin an.

„Sie konnte nichts dafür, es war ganz allein meine Schuld" erwiderte Ted, während er Sandy tief in die Augen schaute. „Bestrafen Sie sie nicht für meine Unachtsamkeit, es ist ja niemandem irgendetwas Schlimmes passiert" grinste er.

„Wie sie meinen Herr Cummings, wenn sie möchten werde ich ihnen sofort eine neue Tasse Kaffee bringen", sagte der Wirt mit verdutzter Stimme.

„Ja das wäre klasse" antwortete Ted, „und bringen sie mir bitte noch die Tageszeitung mit."

Er zwinkerte der völlig verwirrten Sandy zu, hob seinen Stuhl auf und setzte sich wieder an seinen Tisch.

„Danke, danke, danke! Ich weiß gar nicht was ich sagen soll", flüsterte sie ihm ins Ohr, während sie das Tablett vom Boden nahm, und wieder Richtung Küche ging.

Als Ted seine neue Tasse Kaffee vor sich hatte, schlug er die Zeitung auf und begann wie immer die Überschriften zu lesen.

Neue Rekordverschuldung unseres Landes – 7 Tote bei schwerem Verkehrsunfall auf dem Highway – Knicks gewinnen ihr drittes Spiel in Folge – nichts von alledem weckte sein Interesse.

Als er die Zeitung umdrehte blieb ihm der Atem stehen – Dein Leben wird sich ändern Ted, mach Dich bereit, war da in überdimensionalen Buchstaben zu lesen.

Ted schlug die Zeitung zu und versuchte das Chaos in seinem Kopf zu ordnen. Er spürte wie sich sein Magen verkrampfte, seine Kehle wie zugeschnürt war. Was ging hier nur vor, wie konnte er sich das alles erklären. Er raufte sich sein Haar und bemühte sich das letzte bisschen Fassung zu bewahren.

Er sah sich um und fühlte sich plötzlich von allen Seiten beobachtet. War das eine Verschwörung gegen ihn? Wer hatte es auf ihn abgesehen? Für einen dummen Jungenstreich konnte man das alles nicht mehr halten, dafür ging der Spaß dann doch zu weit.

Sollte die Kralle etwas mit dem ominösen Anruf zu tun haben? Es gab keine rationale Erklärung für die Vorfälle.

Wieder nahm er zitternd die Zeitung zur Hand und schlug sie auf. Doch wo eben noch der Text über ihn geschrieben stand, war nun nichts mehr davon zu sehen.

Hab ich mir das alles nur eingebildet? Verliere ich den Verstand durch diese ganze Scheiße die heute passiert ist? Ich bin wohl auf dem besten Wege Paranoia zu bekommen.

Er legte eine fünf Dollar Note auf den Tisch und verließ mit großen Schritten das Café.

Ted Cummings schaute sich um.

Die Straße war um diese Zeit mit Menschen gefüllt, die in Autos und Bussen auf dem Weg nach Hause waren, um ihren Feierabend mit der Familie zu verbringen.

Er wusste im Gegensatz zu den meisten nicht wohin er gehen sollte. Dies war das erste Mal solange er zurückdenken konnte, dass er so etwas wie Einsamkeit verspürte. Das erste Mal dass er das Gefühl hatte mit jemandem Vertrauten reden zu wollen. Doch er hatte niemandem der ihm ein offenes Ohr schenken würde.

Ted versuchte noch immer seine Gedanken zu sortieren. Er konnte und wollte nicht glauben, was ihm an diesem Tag bisher geschehen war. Es war schlichtweg verrückt.

Gestern war er sein Leben noch vollkommen in Ordnung gewesen, während es heute wie ein Kartenhaus einzustürzen drohte. Der scheinbar so selbstsichere Ted Cummings, dem nichts und niemand etwas anhaben konnte, wirkte nun wie ein ängstliches Reh, das Angst vor der jagenden Meute hat.

Er schaute in die Fenster der vorbeifahrenden Busse, und wurde das Gefühl nicht los, von jedem der Mitfahrenden beobachtet und angestarrt zu werden.

Die gleiche Welt, die normalerweise wie ein riesengroßer Spielplatz für ihn war, hatte sich in einer einzigen Nacht scheinbar in eine Welt verwandelt, in der er der Gejagte war.

Schweißperlen traten auf seiner Stirn zum Vorschein, er leckte sich die trockenen Lippen. Junge, jetzt komm mal wieder zu Dir, ganz ruhig. Niemand hat es hier auf Dich abgesehen, sicher wird sich bald alles aufklären.

Mit Hilfe dieser Gedanken schaffte es Ted teilweise seine Fassung zurück zu erlangen, und die Gefahr zu verringern seinen Verstand zu verlieren.

Vielleicht sollte er ein paar Tage verreisen, und seinen Körper unter einer fernen Sonne bräunen. Diese Stadt und die Vorkommnisse hinter sich lassen, bis er sich der Situation wieder gewachsen fühlen würde.

Während er mit diesem Gedanken spielte, näherte er sich mit langsamen und ruhigen Schritten der Straßenkreuzung vor ihm. Ted schaute wie hypnotisiert ins Leere, das Rotsignal der Fußgängerampel überhaupt nicht wahrnehmend. Er hatte zwei Schritte auf die Straße gesetzt als ein Taxi im allerletzten Moment bremsen konnte, und nur wenige Zentimeter vor ihm zum Stillstand gekommen war.

Der Fahrer hupte und schrie Ted durch das offene Fenster an. „Du Idiot, kannst Du nicht aufpassen? Wenn Du Dich umbringen willst mach es meinetwegen, aber nicht hier!"

Ted machte eine abfällige Handbewegung und schaute mit noch immer abwesendem Blick auf das Taxi. Er hatte die Worte des aufgebrachten Fahrers wie aus weiter Ferne gehört, doch als Ted auf die Seite des Taxis schaute wurde er abrupt aus seiner Lethargie gerissen.

Taxi Drive – Well change your life stand da deutlich zu lesen.

Ted ging auf die Beifahrerseite und riss die Tür auf. „Wessen Leben wollen sie ändern? Stecken sie auch mit denen unter einer Decke?"

Der Fahrer sah ihn ungläubig an. „Ihr Leben ändern? Von was reden sie denn, und mit wem soll ich unter einer Decke stecken? Ich glaube sie ticken nicht ganz richtig. Jetzt lassen sie mich in Ruhe, ich habe zu arbeiten."

Ted ging einen Schritt zurück und sah sich die Aufschrift noch einmal an; doch nun stand da plötzlich etwas völlig anderes:

Taxi Drive – for a better life.

Er spürte wie sich seine Augen mit Tränen füllten, während sich das Taxi von ihm entfernte. Die Passanten die den Vorfall mitbekommen hatten sahen ihn mitleidig an. Die Blicke schmerzten auf seiner Seele wie Nadelstiche, war er doch ein Mensch zu dem man aufsah, und nicht Mitleid empfinden musste.

Entgegen seiner ersten Entscheidung, wollte er nun nur noch nach Hause. Er war müde und mit den Nerven am Ende angekommen. Er würde seine Türe abschließen, sich ein heißes Bad einlassen, und den Rest des Tages im Bett verbringen. Morgen würde alles mit Sicherheit wieder besser sein.

Er lief die Straße entlang, wobei er darauf bedacht war niemanden direkt anzuschauen. Er spürte förmlich die Blicke die auf ihm ruhten. Ist doch auch klar dass Dich alle anglotzen Junge, Du musst schlimm aussehen.

Wiederum entschied er sich gegen den Fahrstuhl und öffnete die Tür des Treppenhauses. Er nahm die unzähligen Stufen gern in Kauf, bei der Vorstellung im Fahrstuhl stecken zu bleiben.

Als er nur noch drei Stufen vor ihm lagen, rutschte er auf einem Stück Seife aus. Er versuchte sich abzufangen, stieß sich das Handgelenk am Geländer, und landete schließlich sehr unsanft mit seinem Hinterkopf auf dem Treppenabsatz der obersten Stufe.

Ted blieb schnaufend auf den Treppen liegen. Er war nicht sicher ob er sich bei dem Sturz etwas gebrochen hatte, doch so liegen bleiben wollte er auch nicht. Die Vorstellung dass ihn jemand aus der Nachbarschaft so sehen könnte, ließ ihn für einen Moment die Schmerzen und den Schock vergessen. Vorsichtig und benommen stand er auf und spürte wie sein Körper vor Schmerzen gegen jegliche weitere Bewegung rebellierte.

Als er endlich wieder in aufrechter Position war, hielt er sich am Geländer fest, und suchte auf den Stufen nach dem Grund seines Ausrutschers. Doch so sehr er auch suchte, er konnte nichts entdecken.

Du solltest heute am besten überhaupt nichts mehr machen alter Junge, sonst brichst Du Dir noch sämtliche Knochen.

Er schüttelte leicht seinen Kopf um wieder klar zu werden, und erschrak über den explodierenden Schmerz. Ted blieb einen Moment stehen um zu Kräften zu kommen, und begann sich langsam, mit den Händen an der Wand abstützend, seiner Tür zu nähern.

Er kramte den Schlüssel aus seiner Tasche, öffnete, und lehnte sich gegen die Tür nachdem er eingetreten war.

Endlich zu Hause.

Den Plan erst mal ein heißes Bad zu nehmen gab er schnell auf. Zum Einen wollte er nicht riskieren an diesem verrückten Tag noch mehr ungewöhnliches zu erleben, zum Anderen war er mit seinen Kräften am Ende angekommen. Er ging in sein Schlafzimmer und legte sich in sein Bett, den Gedanken ignorierend noch angezogen zu sein.

Wenige Sekunden später fiel Ted in einen tiefen, unruhigen Schlaf.

Kapitel 4

Tims Nervosität hatte sich in keinster Weise gelegt, im Gegenteil, sie war in der Nacht nur noch erheblich stärker geworden.

Er hoffte dass die Zeit in der Schule ganz, ganz schnell vorbeigehen würde, denn heute würde er nach dem Klingeln der Schulglocke nicht wie gewohnt nach Hause zu seiner Mutter gehen.

Er hatte ihr die Erlaubnis abgerungen auf den Marktplatz gehen zu dürfen, um sich die Aufbauarbeiten des Simbali Circus anzuschauen.

Laut Stundenplan hätte er bis um halb zwölf Unterricht gehabt, doch seine Kunstlehrerin war erkrankt. Tim mochte die Kunstlehrerin und den Unterricht sehr gerne, doch eine bessere Nachricht konnte es an diesem Tag gar nicht geben. Er würde eineinhalb Stunden eher Schulschluss haben, und somit viel mehr Zeit auf dem Marktplatz verbringen können als er sich erhofft hatte.

Seine Mutter musste es ja nicht erfahren. Er würde sie niemals anlügen, doch etwas zu verschweigen war ja keine Lüge. Wenn sie ihn direkt darauf ansprechen würde, würde er es ihr natürlich erzählen, nahm er sich vor.

Tim sah während des Unterrichts immer und immer wieder auf die Schuluhr, die Zeiger schienen förmlich festzukleben, so quälend langsam schoben sie sich über das Zifferblatt. Als um zehn Uhr endlich die Pausenglocke läutete, schulterte er seinen Ranzen, und lief so schnell ihn seine kleinen Beine tragen konnten Richtung Marktplatz.

Es war ein Weg von gut einer Viertelstunde, doch Ted brauchte keine zehn Minuten um ihn zurückzulegen.

Als die ganzen Wohnwagen und LKWs in seine Sichtweite kamen, spürte er sein Herz bis zum Hals schlagen. Ein breites Lächeln machte sich auf seinem Gesicht breit, und er blieb mit weit aufgerissenen Augen wenige Meter vor seinem Ziel stehen. In ihm wuchs eine Aufregung wie er sie sonst nur an Weihnachten oder seinem Geburtstag kannte, wenn er die schön verpackten Geschenke vor sich sah.

Merkwürdig, noch war hier außer den ganzen Autos nichts zu sehen was daraufhin deutete, dass in zwei Tagen ein Zelt stehen würde, mit allem was ein Zirkus zu bieten hat. Während er sich mit kleinen Schritten dem geschäftigen Treiben näherte, fiel ihm auf, dass sich eines dieser Häuser auf Rädern von den anderen unterschied.

Die Wohnwagen waren alle ungefähr gleich groß, dieser Eine jedoch war um einiges grösser. Bei allen war der Schriftzug „Circus Simbali" bunt verziert auf die Seiten gemalt, bei dem größeren war unter dem Schriftzug zusätzlich Delilah Simbali zu lesen.

Sie musste eine wichtige Frau bei diesem Zirkus sein, wenn sogar ihr Name auf dem Wagen stand, dachte sich Tim.

Er war fasziniert von dem emsigen Arbeiten dass um und auf dem Marktplatz herrschte. Unzählige Leute waren damit beschäftigt die verschiedensten Dinge aus LKWs abzuladen, und an ihr jeweiliges Ziel zu bringen.

Tim erblickte eine riesengroße rot-weiß gestreifte Plane auf dem Boden liegen, und sehr lange Stangen aus Metall, die in sämtliche Himmelsrichtungen lagen, welche in der Mitte miteinander verbunden waren.

Auf der gegenüberliegenden Seite des Platzes kam mit lautem Getöse ein Kranwagen angefahren. Er hielt kurz vor den Stangen an, und ließ vom Ende seines langen Armes ein Seil herab, an dem ein großer Haken befestigt war.

Als das Seil den Boden erreicht hatte, kamen einige Männer herbeigelaufen, und befestigten die langen Stangen mit Seilen an dem Haken. Einer der Arbeiter gab dem Kranfahrer ein Signal, woraufhin sich der Haken mit den Stangen in die Luft erhob.

Tim konnte den Umfang des entstehenden Zeltes an den Stangen erkennen, welche kreisförmig auf dem Marktplatz tief in dem Boden steckten.

An jeder der senkrechten Stangen kletterte ein Mann bis zur Spitze hinauf, und wartete bis der Kran seine Fracht nach oben gezogen hatte. Tim musste eine Hand vor das Gesicht halten als er hinaufschaute, so hell strahlte ihm die Sonne in die Augen. Vor lauter Gewandtheit bemerkte er nicht einmal die Biene die emsig um sein Köpfchen schwirrte, obwohl er ansonsten bei dem leisesten Summen schon Reißaus nahm.

Als der Kran die Stangen auf die richtige Höhe gebracht hatte, schwenkte er leicht nach links und rechts, bis letztendlich alle Stangen in der richtigen Position waren.

Die Enden des Daches wurden durch sehr große Schrauben mit den entsprechenden Spitzen der senkrechten Stangen verbunden. Das Grundgerüst des Zirkuszeltes war fertig.

Tim bemerkte erst jetzt, dass er in den letzten Sekunden als das Dach montiert wurde, vor ungläubigem Staunen, die Atemluft kurz angehalten hatte.

So hatte er auch nicht die junge Frau bemerkt, die sich ihm langsam genähert hatte, und ihn nun von der Seite ansprach.

„Da staunst Du mein kleiner Freund, was?"

Tim erschrak ein wenig, und drehte sich um.

Sie war eine sehr schöne Frau, ihr langes schwarzes Haar fiel lockig über die Schultern. Ihre Augen waren dunkel wie die Nacht, und strahlten dennoch sehr viel Wärme aus. Sie erinnerte ihn an eine Frau aus einem seiner Märchenbücher, doch ihm wollte nicht einfallen an wen. Tim wunderte sich über ihre außerordentliche und ungewöhnliche Kleidung.

Sie trug ein weites, schwarz-rotes Kleid, welches kurz über den Füssen endete. Über den Schultern hingen zwei schwarze, durchsichtige Schleier, die mit Ringen an den Mittelfingern befestigt waren. Um ihren Hals hingen unzählige Goldkettchen mit diversen Anhängern. „Ja Madam. Das war große Klasse wie die Männer da oben das mit dem Dach gemacht haben." antwortete Tim.

„Ist das Dein erster Besuch bei einem Zirkus?" fragte die Frau weiter.

„Nein", antwortete er, „ich war schon einmal bei einem anderen Zirkus mit meiner Mom, aber wie so ein Zelt aufgebaut wird habe ich noch nie gesehen."

Sie lächelte ihn an. „Freut mich dass es Dir gefallen hat. Mein Name ist Delilah", fuhr die Frau fort.

„Und ich heiße Tim" antwortete er.

Tim überlegte wieso ihm ihr Name so bekannt vorkam, bis es ihm wie Schuppen von den Augen fiel. Delilah, den Namen hatte er auf dem größten der Wohnwagen gelesen, als er den Marktplatz betreten hatte.

„Gehört Dir der Zirkus?" fragte er.

„Ja, kann man so sagen" antwortete sie. „Ich leite ihn seitdem meine Mutter gestorben ist. Wenn Du magst kann ich Dich gerne ein bisschen herumführen."

Das war ein Angebot das Tim unmöglich ausschlagen konnte. „Das wäre super, ich liebe den Zirkus über alles. Wenn ich groß bin möchte ich Tiger und Löwen dressieren."

Sie kniete sich zu ihm hinunter und sah ihn an. „Du scheinst ein sehr aufgeweckter und mutiger Junge zu sein. Wer weiß, vielleicht werde ich Dich ja irgendwann in meinem Zirkus als Dompteur einstellen wenn es soweit ist. Komm, ich zeig Dir mal etwas."

Delilah nahm Tims Hand und ging mit ihm an der Schlange der Wohnwagen vorbei. Sie blieb an einem Wagen mit Schiebetüren an den Seiten stehen.

„Na, willst Du sehen was sich hinter den Türen verbirgt?" fragte sie ihn.

Tim blickte sie mit neugierigen Augen an und nickte.

„Dann wollen wir mal sehen ob Du Deine Stimme wiederfindest wenn ich die Türen öffne" sagte sie mit einem Lächeln und zwinkerte ihm zu.

Sie ließ seine Hand los und ging zu einer der beiden Türen, während sie in ihrem Kleid nach etwas suchte. Sie zog einen silbernen Schlüssel hervor und öffnete das erste der beiden Schlösser. Nachdem sie auch das zweite Schloss geöffnet hatte, steckte sie den Schlüssel wieder unter ihr Kleid, und ging an die Seite des Wagens.

Tim schien vor Neugier fast zu platzen. Es musste etwas sehr wichtiges oder kostbares in dem Wagen sein, wenn er mit zwei solch schweren Schlössern abgesperrt war.

Delilah griff einen Hebel und legte ihn um. Sie schob die Tür beiseite und sah den staunenden Tim an.

„Ich dachte Du solltest unsere Kleinen mal von der Nähe sehen, wenn Du einmal Dompteur werden willst" erklärte sie ihm.

Tim wusste nicht mehr was er sagen sollte. Hinter der Schiebetür waren dicke Gitterstäbe zum Vorschein gekommen, dahinter konnte er zwei Löwen und drei Tiger erblicken.

Tim wusste aus seinen Büchern sowie dem Zirkusbesuch dass diese Tiere sehr Gross waren, doch was er hier sehen konnte war kaum zu glauben.

Zwei der Tiger schienen zu schlafen, während die anderen Raubkatzen auf und ab gingen. „Gefallen sie Dir?" fragte ihn Delilah.

„Äh ja, ja, und ob! Sie sind so groß! antwortete Tim verdattert. „Wieso fauchen die so, sind sie böse?"

„Nein, sie sind nicht böse. Sie haben nur Hunger, es ist Fütterungszeit" erwiderte sie. „Bleib einen Moment hier stehen, ich komme gleich wieder. Aber nicht zu nahe an die Gitter gehen, ok? Sie sind zwar nicht böse, aber Du darfst nie vergessen dass es wilde Tiere sind. Sie kennen Dich nicht, und ich möchte nicht dass Dir etwas passiert."

„Versprochen", sagte Tim, „ich werde sie von hier aus anschauen."

Keine zwei Minuten später stupste ihn Delilah von hinten an die Schulter.

„Erde an Tim, Erde an Tim. Bist Du noch anwesend?" lachte sie.

„Bitte? Was hast Du gesagt?" antwortete er verlegen.

„Sie scheinen Dich wirklich zu beeindrucken, was? sagte sie „Na, dann wollen wir ihnen mal was zu Fressen geben."

Erst jetzt sah Tim die Schubkarre voll Fleisch, die Delilah mitgebracht hatte. Sie nahm eine Stange mit einem Haken am Ende und spießte ein großes Stück Fleisch auf.

„Man darf sie niemals mit den Händen füttern", bemerkte sie, während sie die Stange zu einem der Löwen durch die Gitterstäbe führte. „Und beeilen muss man sich auch, damit es keinen Ärger untereinander gibt."

Die beiden schlafenden Tiger rührten sich noch immer nicht.

„Magst Du es auch einmal versuchen Tim? Ich werde Dir auch dabei helfen." Sie nahm ein weiteres Stück Fleisch auf den Haken und gab Ted die Stange in die Hände.

„Wollen doch mal sehen ob wir die beiden Schlafmützen nicht wecken können" grinste sie. Sie stellte sich hinter ihn, und führte seine Hände. Als sie das Fleisch mit der Stange auf die Schnauze des einen Tigers legten, erwachte dieser, und riss ruckartig sein Mittagessen zu sich.

Durch das laute Brüllen eines Löwen erwachte der zweite schlafende Tiger, und stürzte sich auf den Anderen.

„Shalim, aus!" schrie Delilah den Tiger an, doch dieser schien nicht zu reagieren. „Shalim, ich befehle Dir aufzuhören" fuhr sie ihn ein weiteres Mal an.

Diesmal schien der Tiger nicht über den Befehl hinweggehen zu wollen, und ging einen Schritt zurück.

„Schnell, wir brauchen noch ein Stück Fleisch" sagte sie in ruhigem Ton zu dem vor Schreck erstarrten Tim. Er ging wie in Trance zur Schubkarre, nahm ein großes Stück saftiges Fleisch und brachte es ihr.

Sie führte das Stück zu dem noch immer fauchenden Tiger und zog die Stange durch die Gitterstäbe zurück. „Ich denke jetzt haben auch wir uns eine kleine Stärkung verdient, oder? Was hältst Du von einer Tasse Kakao und ein paar Keksen? Komm, wir gehen in meinen Wagen und ruhen uns einen Moment aus."

Tim folgte ihr mit stolzgeschwellter Brust.

Er staunte nicht schlecht als sie in ihrem Wohnwagen angekommen waren, und er sich die Einrichtung betrachtete. „Wow, das ist ja wie in einem richtigen Haus."

„Für mich ist es auch wie ein richtiges Haus, nur eben alles auf kleinerem Raum" antwortete Delilah.

„Hast Du denn auch ein richtiges Zuhause? Ich meine ein Haus das sich nicht an einem Auto festmachen lässt."

„Nein Tim, dies ist mein Zuhause. Ich lebe hier schon solange ich auf der Welt bin." Sie führte ihn zu dem hinteren Teil des Wohnwagens. „Siehst Du, das war früher mein Kinderzimmer, als ich klein war." Das Zimmer wirkte überhaupt nicht mehr wie ein Kinderzimmer, es gab keine Spielsachen wie es bei Tim zuhause der Fall war.

„Gefällt es Dir nicht, ist sehr gemütlich und kuschelig?"

„Doch, schon, aber es sind gar keine Spielsachen hier. Hast Du Dein Kinderzimmer nicht gemocht?"

„Ich habe es sehr gerne gehabt, aber mittlerweile bin ich ein großes Mädchen, und habe leider nicht mehr die Zeit zum Spielen."

„Was ist denn hinter dem Vorhang da", er deutete mit seinem Finger auf einen dicken schwarzen Vorhang.

„Du bist wahrlich ein neugieriger kleiner Kerl" lachte sie, „das ist mein ganz persönlicher Raum. Den zeige ich Dir ein anderes Mal. Doch nun komm, oder hast Du keine Lust mehr auf Kekse und eine Tasse Kakao?"

„Machst Du Witze? Natürlich hab ich noch Lust!" versicherte Tim.

Sie führte ihn an einen kleinen Tisch, und schob einen weiteren Stuhl für ihn an die Seite. „Hier, setz Dich. Du hast Dir Dein Essen wirklich schwer verdient."

Tim strahlte über das ganze Gesicht. „Es war das tollste was ich in meinem ganzen Leben gemacht habe." Er nahm sich einen der Kekse und biss hinein. „Ich wusste wirklich nicht dass sie so groß sind wenn man vor ihnen steht. Wunderbare und schöne Tiere."

„Sie sind zwar Katzen, aber die Katzen die Du kennst sind um einiges kleiner möchte ich wetten. Wie lange darfst Du denn hierbleiben? Ich möchte nicht dass Deine Eltern sich Sorgen machen."

Tim sah auf die Uhr, „es ist ja schon kurz vor elf. Bin ich etwa schon fast eine Stunde hier? Ich habe gar nicht gemerkt wie die Zeit vergeht. Ich habe meiner Mom versprochen um zwei zuhause zu sein."

„Dann wollen wir zwei, mal schauen wie wir die Zeit am besten nutzen können, einverstanden? Ich führe Dich noch ein bisschen auf unserem Platz herum, und nachher habe ich noch eine kleine Überraschung für Dich. Magst Du noch einen Keks?" Sie hielt ihm den Teller mit den Keksen entgegen.

„Nein danke, ich habe wirklich keinen Hunger mehr."

Er trank den Kakao und stellte das Glas auf den Tisch. „So, ich bin bereit" sagte er mit hörbarem Tatendrang in der Stimme.

„Na dann lass uns losziehen."

Sie gingen durch die endlos scheinende Reihe von Wohnwagen hindurch.

„Wieso machen die denn hier ihre Kunststücke zwischen den Autos?" fragte Tim, als er drei Männer und eine Frau sah, die mit Bällen und Keulen jonglierten.

„Sie üben für ihren Auftritt. Wir alle müssen sehr viel üben damit es den Zuschauern in der Show auch gefällt. So wie Du für die Schule üben musst damit Du gute Noten schreibst." „Ich dachte ihr könnt das schon alles."

„Wenn man nicht täglich übt verlernt man auch manche Sachen wieder Tim. Die Zuschauer zahlen Geld um in unseren Zirkus zu kommen, und wir möchten dass sie zufrieden nach Hause gehen, wenn die Show zu Ende ist."

Als sie sich der Jongleurgruppe bis auf wenige Schritte genähert hatten, unterbrachen diese ihr Training. „Hallo Delilah, hallo Kleiner Mann" begrüßte sie einer der Männer.

„Hallo Josef, na wie läuft das Training? Seid ihr bereit für die große Show?"

„Selbstverständlich Chefin, Du weißt dass Du Dich auf uns verlassen kannst" antwortete er mit einem Augenzwinkern.

„Freut mich zu hören. Darf ich euch meinen kleinen Freund hier vorstellen, er wird in ein paar Jahren als Dompteur bei uns arbeiten"

„Als Dompteur? Hast Du denn keine Angst vor den großen Tieren?" fragte ihn die Frau.

„Ein bisschen schon, aber noch bin ich ja klein. Doch wenn ich groß bin werde ich alles gelernt haben was man über das Dressieren wissen muss. Dann habe ich auch keine Angst mehr."

„Dann wünschen wir Dir alles Gute! Einen guten Dompteur können wir hier immer gebrauchen. Du hast eine der besten Tiertrainerinnen der Welt an Deiner Seite, was soll da schon schiefgehen", lachte sie und streichelte Tim über seinen kleinen Kopf.

„Wir werden euch nicht länger aufhalten, ich habe Tim versprochen ihm die Welt zu zeigen die zu einem Zirkuszelt gehört. Viel Spaß wünsche ich euch noch."

„Die waren aber nett" bemerkte Tim als sie weitergingen.

„Ja das sind eigentlich alle hier. Mir ist es wichtig dass wir gut miteinander auskommen. Wir sind fast das ganze Jahr über zusammen wenn wir auf Tournee sind, da ist es wichtig dass man sich versteht. Nur zufriedene Leute arbeiten gut, und ich mache alles damit sie keinen Grund zum Klagen haben. Viele von ihnen sind seit langen Jahren beim Zirkus Simbali, daran sieht man dass es ihnen hier auch gefällt."

„Wo ist denn eigentlich Dein Vater, ist der auch gestorben?"

Delilah stockte bei dieser Frage, überlegte was sie ihm antworten sollte. „Ja, mein Vater ist leider auch gestorben, ich bin eine Waise."

„Du bist eine Waise? Was hat denn die Farbe damit zu tun dass Du keine Eltern mehr hast?" wunderte sich Ted.

Delilah musste bei dieser Frage unwillkürlich lachen. „Nein nicht weiß wie die Farbe. Wenn ein Kind keine Eltern mehr hat ist es ein Waisenkind. Das Wort wird mit „ai" geschrieben, und nicht wie die Farbe mit „ei".

„Also bist Du auch ein Waisenkind" stellte Tim fest. „Wieso sind Deine Eltern gestorben, waren sie schon alt?"

„Nein, sie waren noch nicht alt; sie hatten einen Unfall, und der liebe Gott war scheinbar der Meinung dass es Zeit wäre sie zu sich zu holen. Lass uns bitte über was anderes sprechen, ja?"

Tim spürte dass ihr das Thema unangenehm war, und er beschloss, sie nicht mehr darauf anzusprechen. Er stellte sich vor, wie es wäre, wenn seiner Mom etwas passieren würde, und spürte wie sich sein kleines Herz bei diesem Gedanken zusammenkrampfte. Sie war für ihn das Wichtigste auf der ganzen Welt.

Er war durch die Liebe und Fürsorge seiner Mom ein sehr glückliches Kind, dennoch war es für ihn schwer genug mit anzuschauen wie andere Jungs mit ihren Vätern Fußball oder Baseball spielten, einfach die Sachen, die man nur mit seinem Vater machen kann. Er hatte ihn niemals kennengelernt, wusste nicht einmal wie er aussah. Er war ein Mann gewesen der sich nicht gerne fotografieren ließ war die Erklärung seiner Mom gewesen, weswegen es leider keine Bilder von ihm gäbe. Die wenigen Bilder die es von ihm existierten waren unauffindbar.

Er war auch durch einen Unfall gestorben, ein paar Tage bevor er das Licht der Welt erblickt hatte. Seine Mutter hatte es ihm erzählt, als er eines Tages nach ihm gefragt hatte.

Eleonora schämte sich, ihren Sohn dermaßen anzulügen. Doch was hätte sie ihm erzählen sollen; dass sein Vater ein Weiberheld war, und sich nach der Nacht seiner Zeugung aus dem Staub gemacht hatte? Das konnte und wollte sie ihm nicht antun. Vielleicht würde sie ihm eines Tages die Wahrheit erzählen, wenn er in einem Alter sein würde, in dem er mit der Wahrheit umgehen könnte. Sie konnte nur hoffen, dass er dann auch sie verstehen würde, verstehen warum sie ihm nicht die Wahrheit gesagt hatte. Es bestand natürlich auch die Möglichkeit, ihn in dem Glauben zu lassen, ein Unfall sei der Grund dafür, dass es keinen Vater in seinem Leben gab. Sie war sich sicher, mit der Zeit würde sie wissen, wie sie zu handeln hatte.

„He, hast Du keine Augen im Kopf?" fuhr ihn eine Stimme an und beendete abrupt seine Gedanken.

„Entschuldigung Mister, das wollte ich nicht."

Tim spürte wie das Blut in seinen Kopf stieg, und sich seine Wangen erwärmten. Er hasste es wenn er rot wurde, konnte aber auch nichts dagegen tun. Er musste seinen Kopf weit in den Nacken legen, um dem Mann ins Gesicht schauen zu können. Es sah nach einer Begegnung wie bei David und Goliath aus. Tim konnte sich nicht erinnern schon einmal solch einen Riesen gesehen zu haben. Der Mann hatte eine Glatze und einen Bart um seinen Mund, was ihn noch finsterer aussehen ließ als er ohnehin schon war. Er trug nichts außer einem Fell um seinen Körper und schwere Stiefel an den Füssen.

„Ich sehe ihr habt euch schon bekannt gemacht" sagte Delilah, die einige Schritte weitergegangen war, und von dem Zusammenstoß nichts mitbekommen hatte.

„Gehört der Kleine zu Dir?" fragte sie der finster dreinblickende Mann.

„Was ist denn mit Dir los Samson? Der Kleine hat auch einen Namen; er heißt Tim und ja, er gehört zu mir. Ist irgendetwas passiert?"

„Der Zwerg hat mich von hinten angerempelt. Um ein Haar hätte ich durch den Schreck meine Kugel hier fallen lassen." Er zeigte auf eine große Metallkugel die er in den Händen hielt. „Ich brauche Dir nicht zu erklären was passieren kann, wenn die jemand auf die Füße fällt, oder?"

„Nun ist aber genug Samson" fuhr Delilah ihn an. „Es ist nichts passiert, zudem war es mit Sicherheit keine Absicht von Tim. Er ist mein Gast, und er ist scheinbar so beeindruckt von unserem Zirkus dass er vor lauter Aufregung die Augen überall hat, nur nicht auf dem Weg vor ihm. Also gebt euch die Hand und vertragt euch. Was soll mein junger Freund denn denken wenn Du ihn so anfährst? Er bekommt es noch mit der Angst zu tun."

Samson blickte auf Tim, der noch immer stumm mit hochrotem Kopf zu Boden schaute. Er legte die schwere Kugel neben sich und beugte sich zu Tim herunter. „Angst brauchst Du vor mir nicht zu haben kleiner Mann, Freunde von Delilah sind auch meine Freunde".

Tim hob seinen Blick und schaute noch immer ängstlich in Samsons Augen. „Ich habe sie wirklich nicht gesehen. Es ist das erste Mal dass ich sehen darf was in einem Zirkus so alles passiert."

„Dann schau Dich ruhig weiter um, und pass auf wo Du hinläufst. Es gibt viel zu sehen, aber bleib bei Delilah, damit sie auf Dich aufpassen kann."

„Das werde ich Mister."

Delilah streckte ihren Arm aus und ergriff Tims Hand. „Und Du passt auf dass Du mit Deinen Kugeln niemanden erschlägst Samson" schmunzelte Delilah.

„Tim, bleib ab jetzt bitte an meiner Seite, ja? Du siehst, es ist nicht nur aufregend hier, sondern manchmal auch nicht ganz ungefährlich."

„Was macht denn der Riese mit den großen Kugeln?"

„Er jongliert mit allem was richtig schwer ist, schließlich ist er der stärkste Mann der Welt."

„Von der ganzen Welt? Dann muss er wirklich sehr, sehr stark sein."

Tim schaute staunend zurück, als er sah, wie Samson drei Metallkugeln in die Luft warf und wieder auffing.

Sie gingen weiter durch die von Wohnwagen gebildete Gasse. „Da hängen ja lauter Anziehsachen" sagte Tim.

„Ich bin sicher ihr habt zuhause einen Wäschetrockner, aber bei einem Zirkus müssen wir auf so etwas verzichten. Hier hängen wir die Wäsche zum Trocknen auf Leinen."

„Habt ihr auch keine Waschmaschine?"

„Nein Tim, wie gesagt, für so etwas fehlt uns einfach der Platz. Wir waschen unsere Wäsche mit den bloßen Händen."

„Komm mit Tim, wir gehen nochmal zum Zelt. Ich muss nachschauen wie die Arbeit dort läuft." Er folgte ihr Schritt für Schritt. Er staunte über alles, was er auf dem Marktplatz gesehen hat.

DAS HAUS DER SEELEN

Kapitel Eins - Julias Tod

Es war ein Sonntag, als ich auf der Landstraße in Richtung Erholung fuhr. Na ja, zumindest dachte ich, dass ich mich erholen würde. Auf meinem Rücksitz saß Elisabeth, kurz Lisa genannt, die kleine Tochter meiner Nachbarin. Bevor ich in den Urlaub wollte, versprach ich, die kleine Lisa noch im Internat abzugeben, weil ihre Mutter schon früher als geplant abreisen musste. Nur kurze Zeit später bereute ich es, Lisa dort hingebracht zu haben.

Als wir dann gegen 12:00 Uhr mittags im Internat „Sommersonne" ankamen, standen eine Menge Menschen, darunter mehrere Polizisten, vor dem Hauptgebäude versammelt. Ein Krankenwagen parkte quer vor der Tür. „Warte noch einen Moment", sagte ich zu Lisa und stieg aus dem Wagen.

„Was ist passiert?" fragte ich eine Frau vor dem Internat. Entsetzt blickte sie mich an und sagte: „Ein kleines Mädchen ist letzte Nacht ertrunken, hier im Teich hinterm Haus. Keiner weiß, was sie da so spät noch wollte. Nun war ich auch nicht nur entsetzt, mir kam wieder der Übermut, mich in alles einzumischen, heraus zu finden, was hier vor sich ging. Ich entschloss, zuerst zurück zum Auto zu gehen. Lisa wollte sofort wissen, was hier passierte. „Ein Mädchen ist hier verunglückt, Kleines, du kannst hier nicht bleiben, solange nicht alles aufgeklärt ist, sagte ich zu ihr. Sie sah traurig aus, aber ich konnte sie beim besten Willen nicht hier lassen. Irgendetwas sagte mir, dass es hier nicht mit rechten Dingen zuging. Warum ertrank ein kleines Mädchen mitten in der Nacht?

„Kennst du noch Tom, der Mann, der mal mit mir zusammen gewohnt hat?", fragte ich sie und meinte dabei meinen ältesten Bruder.

„Ja, ich kenne ihn, er ist sehr nett...

„Du wirst für ein paar Tage bei ihm wohnen, bis deine Mama wieder da ist . . .

„Warum kann ich nicht bei dir bleiben?", fragte sie und hatte dabei schon Tränen in den Augen.

„Ich muss mich um das hier alles kümmern, ich muss herausfinden was passiert ist, und ich verspreche dir, danach kannst du wieder hier hin, zu all deinen Freunden.

Ich versuchte sie aufzumuntern, auch wenn es bei Lisa recht schwer war. Dann wählte ich Toms Nummer. Ich erzählte ihm, was vorgefallen war und er erklärte sich bereit, Lisa eine Weile bei sich aufzunehmen. Und auch wenn ich eigentlich Urlaub hatte, ich wollte wissen was hier passiert ist in der letzten Nacht. Einmal Detektiv, immer Detektiv. In einer Stunde kam Tom und nahm Lisa mit. Ich versprach ihm mich bald zu melden, wenn ich was Neues wüsste.

Nur zwei Häuser weiter war eine kleine Herberge. Ich nistete mich dort ein und bereitete in meinem Zimmer mein Vorgehen vor. Zuerst wolle ich ins Internat – das nach wie vor nicht geschlossen wurde – um einigen dort ein paar Fragen zu stellen. Ich wartete absichtlich erst bis zum nächsten Tag, denn ich hatte vor, Lisas Mutter, als meine Auftraggeberin zu nennen, natürlich anonym

Kaum war die Sonne aufgegangen, hatte ich bereits gefrühstückt und war auf dem Weg ins Internat „Sommersonne. Die meisten Kinder saßen bereits im Unterricht. Ich öffnete die große schwere Eingangstür und betrat die Halle des Internats. Sie war riesig, eine Halle, deren Boden aus Marmor bestand, die Wände mit alten wertvollen Bildern behängt und ihre Menschen, wie das Geschehen von vorletzter Nacht, unheimlich waren.

In der Halle stand – sehr weit weg vom Eingang – ein Empfang.

„Kann ich Ihnen vielleicht weiterhelfen?", fragte die Frau hinter dem Empfang. Ihre Stimme hallte förmlich.

Ich trat an den Empfang heran und legte meinen Detektivausweis auf die Theke.

„Mein Name ist Lorelei Andersen, ich bin Privatdetektivin und recherchiere im Auftrag einer besorgten Mutter, die unbenannt bleiben möchte."

„Ah, verstehe, dann sind Sie bestimmt wegen dem Vorfall von vorletzter Nacht hier, nicht wahr?

Ich nickte.

„Ich möchte mit dem Direktoren oder der Direktorin sprechen, wäre das möglich?

Sie sah mich einen Augenblick lang verdutzt an, bevor sie schließlich zum Telefonhörer griff und eine Nummer wählte.

„Eine Frau Andersen möchte Sie sprechen, Privatdetektivin", sagte sie, nickte ein paar Mal und legte anschließend den Hörer zurück auf die Gabel.

„Frau Hauser empfängt sie oben in Ihrem Büro, dritter Stock dritte Tür rechts."

„Danke!"

Ich ging die große marmorne Treppe hinauf, bis in den ersten Stock. Von dort aus führte eine andere, kleinere Treppe, die restlichen Stockwerke hoch. Ich ging bis in den dritten und vorletzten Stock des Internats. Dort betrat ich, nachdem ich höflich anklopfte, die dritte Tür von rechts. Frau

Hauser, Direktorin des Internats, war noch unheimlicher als alles andere in diesem Haus zusammen. Sie war groß, recht schlank, schon fast dürr, und hatte dunkelgraues Haar, welches sie streng zu einem Dutt nach hinten trug. Ihre Augen waren dunkel und tief – wirkten richtig böse – und ihre Nase war lang und bedeckte schon fast ihren schmalen Mund. Frau Hauser trug ein graues Kleid mit einem wenig ausgeschnittenen Kragen. In allem war sie eine recht gruselige Person, wie eine unerwünschte Plage wirkte sie auf mich. Sie erinnerte mich schwer an meine alte Tante Sadey aus England, sie hatte auch so einen strengen Blick, und roch immer streng nach Moschus.

„Wie kann ich Ihnen behilflich sein?", fragte sie.

„Nun, ich möchte zuerst wissen, wie es möglich ist, das mitten in der Nacht, ein kleines elfjähriges Mädchen in den Garten kommt und dann im Teich ertrinkt, können Sie sich vorstellen, was sie dort wollte?", fragte ich sie, nachdem ich ihr schilderte, was mein Anliegen war.

„Ich habe nicht die geringste Ahnung, Frau Andersen, was sie da wollte". Julia war immer ein merkwürdiges Kind, schon als sie damals zu uns kam. Sie war verschlossen und sie konnte richtig ausflippen. Sie war von Anfang an ein Sorgenkind, nicht nur für ihre Eltern. Wenn sie mich Fragen, Frau Andersen, dieses Mädchen war psychisch gesehen sehr krank. Sie können gerne mit unserer Psychologin hier im Haus sprechen, sie kann ihnen da mehr erzählen als ich.

„Das werde ich tun. Ich habe da noch einige Fragen an Sie . . .

Ich fragte sie, in welchem Zimmer Julia untergebracht war und wer hier im Internat ihre Freunde waren. Es wunderte mich überhaupt nicht, dass sie in einem Einzelzimmer schlief und hier kaum jemand hatte, mit dem sie sich verstand. Alle hier, nicht nur die Lehrkräfte, hielten sie für verrückt.

Außerdem fragte ich Frau Hauser auch, welche Sicherheitsleute in der Nacht Dienst hatten – die wollte ich dann bei gegebenem Zeitpunkt ebenfalls befragen – und nach der Liste der Angestellten. Sie gab mir drei Namen, die der Sicherheitsleute, aber die Liste der Angestellten wollte sie nicht herausrücken. Dann machte sie mir noch klar, das Dr. Cornelia Klaus, die Psychologin, heute noch Urlaub hatte und erst morgen wieder kam und sie konnte mir auch die Bemerkung „wir mögen es nicht, wenn hier rumgeschnüffelt wird, es reicht schon, wenn die Polizei ihr Unwesen hier treibt, nicht ersparen".

Nachdem ich Frau Hausers Büro verließ, ging ich hinunter in den Garten, um mir den Tatort anzusehen. Es war gerade Pause und auf dem riesigen Gelände des Schulhofs erklangen schrill die Stimmen von mehreren Kindern. Einige Lehrkräfte waren ebenfalls auf dem Schulhof und blickten mich verdutzt an, als ich auf dem Weg zum Garten war.

Ich bemerkte dort als erstes, das die Untersuchung des Tatortes wohl abgeschossen sein müsste, denn es sah nicht so danach aus, als könnte hier eine Spurensicherung arbeiten.

Ich trat näher an den Teich heran und blickte hinein. Ich sah nur mein Spiegelbild, nichts Weiteres und schon gar nichts Ungewöhnliches. Doch als ich den Blick auf die Steine warf, die um den Teich herum lagen, fiel mir etwas auf. Auf einem der Steine war ein kleiner roter Fleck. Ich betrachtete ihn ganz genau und stellte fest, dass es wohl Blut sein könnte. Ich griff in meine Tasche, die über meiner Schulter hing und entnahm ein einfaches Wattestäbchen und eine einfache Plastiktüte. Das eingetütete Stäbchen würde ich dann später Tom zur Untersuchung bringen.

„Was tun Sie da", sagte plötzlich eine Stimme hinter mir.

Ich drehte mich um und vermutete in dem Mann im grünen Overall den Gärtner. Ich stellte mich kurz vor und fragte ihn ob er hier an dem Tag, bevor das Mädchen starb etwas Ungewöhnliches sah. Er verneinte und auf die Frage ob und wie gut er das Mädchen kannte schüttelte er nur den Kopf und sagte: „Die Kleine war echt verrückt, keiner kam mit ihr zurecht und sie kam auch mit niemandem hier zurecht. Sie war ein offenes Buch, jedoch mit leeren Seiten. Sie war schon irgendwie berechnend, man wusste immer, zu welchem Zeitpunkt sie verrücktspielte, und wenn sie nicht bekam was sie wollte, dann war hier die Hölle los."

Ich bedankte mich bei Ihm und gab ihm meine Visitenkarte. „Falls Ihnen noch etwas Wichtiges einfällt, dann rufen Sie mich bitte auf dem Handy an.

Er versprach es.

Auf dem Rückweg in die Herberge beschloss ich zur Polizei zu fahren um mit denen zu sprechen, vielleicht würden die mir die Todesursache erklären und noch andere Details. Doch das wollte ich erst später tun, vorher wollte ich noch etwas essen und zu Tom ins Labor fahren. Bei der Gelegenheit konnte ich sehen, wie es der kleinen Lisa ging.

Kapitel 2 - Todesart und Ursache

Lisa hatte sich schnell bei Tom eingewöhnt und fühlte sich Pudelwohl bei ihm. Tom besaß ein kleines Labor in seinem Haus, aber wie er daran gekommen war, hatte er, selbst mir, nie gesagt. Ich hatte auch nicht weiter danach gefragt, weil es immer gut bei unserer Arbeit als Privatdetektive diente. Ich gab Tom das Wattestäbchen mit dem vermeintlichen Blut und er versprach, es schnellstens zu untersuchen.

Später fuhr ich zur hiesigen Polizei um mehr Details heraus zu finden, was die Ermittlungen bislang ergeben hatten.

Ich hatte mehr Glück, als ich dachte, denn der leitende Polizist, Jürgen Friedle, war sehr kooperativ.

Erst heute Morgen habe ich den Bericht aus der Gerichtsmedizin bekommen. Todesursache war „ertrinken", sagte Friedle.

„Kann es sein, dass sie vorher auf einen Stein gefallen ist?", wollte ich wissen.

„Ja, woher wissen Sie das?"

Ich habe mich am Tatort ein wenig umgesehen und an einem der Steine, die um den Teich herum lagen, etwas Blut gesehen.

„Wir haben den Tatort gründlich gereinigt, damit sich die Kinder nicht an den schlimmen Vorfall erinnern. Sind sie sich da ganz sicher, dass es Blut war?"

„Ich habe gesehen, was ich gesehen habe, will es aber nicht beschwören."

„Gut."

„Was haben Sie, was ich noch nicht weiß, Herr Friedle?"

Ich war nun ziemlich neugierig, weil sich im Moment all das bestätigte, was ich vermutete, auch wenn es in Friedels Augen anders aussah. Doch selbst die Polizei hatte nicht mehr herausgefunden, was ich nicht selber schon wusste.

„Ich habe vor, die Psychologin des Internats morgen früh zu befragen, wollen Sie dabei sein?", fragte ich Friedle.

„Was wollen sie damit erreichen? Denken Sie das Mädchen war krank?"

„Zumindest behauptet das die Direktorin."

„Sie behauptet es, aber ist es auch wahr?"

„Haben Sie sich schon mit dem Gärtner unterhalten?"

„Warum sollte ich?"

„Weil er dasselbe behauptet, und alle Schüler ebenso, laut seiner Aussage."

Ich fragte mich, was dieser Friedle eigentlich für ein Polizist war. Er versäumte es, wichtige Zeugen zu befragen und ebenso mögliche Theorien aus dem Weg zu gehen.

„Ich werde trotzdem morgen bei der Befragung von dieser Psychologin dabei sein, aber . . ."

„Gut, aber überlassen sie mir das reden, da sie es ja so oder so für eine verrückte Sache halten."

„Einverstanden."

„Gut. Dann treffen wir uns morgen früh sagen wir um 08:00 Uhr vor dem Internat."

Mit diesem Satz erhob ich mich vom Stuhl und wollte das Büro von Friedle verlassen.

„Interessiert Sie die Akten des Falls?", fragte er.

Nun war ich noch mehr überrascht. Was für ein Polizist war er, das er einem Privatdetektiven Einsicht in die Akten zuließ".

„Ja, wieso fragen Sie?"

„Hier, lesen Sie die bis Morgen früh." Wenn sie nur den kleinsten Beweis dafür finden, das es Selbstmord oder Mord war, erkläre ich mich bereit, den Fall mit ihnen aufzuklären, falls nicht, werde ich morgen nach dem Gespräch mit der Psychologin den Fall abschließen.

Jetzt verstand ich, er wollte sich mit mir messen, dachte ich würde mich besser einstufen. Nun, ich wollte dieses Spiel zwar nicht mitspielen, nahm jedoch trotzdem die Akten mit in die Herberge.

Am späten Abend saß ich auf dem Bett meines Zimmers und studierte die Akten. Ich fand nichts ungewöhnliches, den Bericht des Gerichtsmediziners verstand ich kaum – medizinisches Kauderwelsch.

Ich legte die Akten zur Seite. Dadurch hatten sich noch mehr Fragen ergeben und es waren noch nicht einmal die geringsten Antworten in Sicht. Was suchte Julia noch so spät im Garten am Teich? War sie vielleicht Schlafgewandelt? Vielleicht war ja auch wirklich alles nur ein dummer Unfall von einem neugierigen kleinen Mädchen. Aber warum konnte ich mich dann nicht einfach damit abfinden? Warum hatte ich das Gefühl, das es kein Unfall war? Was, wenn sie jemand umgebracht hatte? Es gab genug Menschen im Internat, die ein Motiv hatten. Mir fiel das Blut auf dem Stein wieder ein. Friedle sagte, das sie den Tatort gereinigt hätten. Was, wenn es nicht Julias Blut war? Dann konnte es unmöglich von der Tatnacht stammen. Oder vielleicht doch? Wer weiß, vielleicht war die Spurensicherung genauso ungenau, wie Friedle bei seinen Ermittlungen.

Ich nahm mir noch einmal die Akten zur Hand und ging erneut die Fotos von der Leiche und vom

Tatort durch. Ich bemerkte dann ein paar Ungereimtheiten. Der Stein, wo Julia aufschlug, war ein anderer, als der, wo ich den Blutstropfen fand. Der, war nämlich genau gegenüber, denn als ich das Foto in meinen Laptop einscannte und vergrößerte, konnte ich ihn entdecken. Wieso in aller Welt, konnten die ihn nur übersehen? Oder hatten Sie ihn gar nicht übersehen und Friedle oder jemand anders wollte etwas vertuschen?!

Das schrille Klingeln des Telefons brachte mich aus meinen Überlegungen und möglichen Theorien. Es war Tom. Ich berichtete ihm von meinen Neuigkeiten und von Friedle's Meinung über den Fall.

„Ich habe das Ergebnis des Blutes, was du gefunden hast, vor mir liegen, Schwesterherz. Es ist Blutgruppe AB-Negativ.

„Damit habe ich gerechnet, es ist definitiv nicht Julias Blut. Sie hat nämlich AB-Positiv. Es war mindestens noch eine zweite Person am Tatort, das schätze ich zumindest. Was meinst du, wie alt oder frisch ist das Blut von der fremden Person?

„Ich würde sagen mindestens so frisch wie das von Julia, es würde jedenfalls in die Tatzeit passen, genaueres kann ich dir nur sagen, wenn ich einen bestimmen Test durchführe.

„Tu das und sag mir Bescheid.

Ich fragte noch kurz nach Lisa, die bereits schlief, und legte dann auf.

Danach scannte ich die kompletten Akten in meinen Laptop und ging schlafen. Ich war gespannt darauf, was das Gespräch mit der Psychologin am morgigen Tag ergeben würde, erwartete jedoch nicht zu viel. Ich war mir sicher, dass es in dem Fall keine Wendung nehmen würde. Die Psychologin würde mir nur bestätigen, was Frau Hauser bereits erwähnte – das Julia krank war, psychisch krank war.

Kapitel 3 - Von Verrückten und Besessenen

Friedle war pünktlich um acht Uhr vor dem Internat „Sommersonne. Ich sagte ihm jedoch nichts, von den Ungereimtheiten, die ich, in seiner und meiner Theorie und genauso aus den Akten, fand. Ich gab ihm die Akten zurück und sagte nur, dass er mit seiner Theorie wahrscheinlich recht hatte.

Um kurz nach acht saßen wir im Büro von Frau Doktor Cornelia Klaus. Doktor Klaus hatte – im Gegenteil zu Frau Hauser – ein freundliches Erscheinungsbild. Ihre Haare und Augen waren braun und ihr Lächeln war sehr freundlich, wirkte aber ein wenig aufgesetzt.

„Frau Hauser erwähnte bereits, dass Sie mit mir sprechen wollen. Also, was kann ich für sie tun?

„In erster Linie könnten Sie uns etwas über Julia erzählen.

„Was wollen Sie über Julia wissen?

Als ich es mir auf dem Stuhl einigermaßen bequem gemacht hatte, sagte ich: „Frau Hauser hatte erwähnt, dass Julia psychisch krank war. Und auch der Gärtner hat ausgesagt, sie sei verrückt und keiner kam mit ihr zurecht. Nun will ich von Ihnen wissen, was Sie als Psychologin dazu sagen.

Cornelia Klaus ließ sich in ihrem Bürosessel nach hinten. Sie wirkte nachdenklich. Mir kam es so vor, als suche sie nach den richtigen Worten, so dass auch Friedle und ich es verstehen würden. Im Nachhinein wusste ich, dass sie nur danach suchte, wer Julia wirklich war und was sie zu dermaßen hysterischen Anfällen trieb.

„Also Julia war in erster Linie schwierig, fing sie an. „keiner wurde je aus ihr Schlau. Das größte

Problem, was uns alle betraf, war, das Julia des Öfteren hysterische Anfälle hatte – einfach, ebenso wie psychologisch gesehen.

„Wie darf ich das verstehen, Doktor? Ich meine für mich hört sich das so an, als sprechen wir hier von einer Krankheit. Oder irre ich mich?

„So gesehen ist es eine Krankheit, doch so genau habe ich es bei Julia nie herausgefunden. Was ich meine ist, das im Normalfall eine hysterische Person in der Regel das Bedürfnis hat, vor sich und anderen mehr zu scheinen als sie ist, mehr zu erleben, als sie Erlebnisfähig ist. Das heißt, das an der Stelle des Ursprünglichen, echten Erlebnis, mit seinem natürlichen Ausdruck, ein gemachtes, geschauspielertes, erzwungenes Erleben beitritt.

„Haben sie mal bei Julia so etwas erlebt?

„Ja. Des Öfteren hatte Julia den Wunsch geäußert, nach Hause zu wollen. Als keiner darauf einging, erfand sie irgendwelche Geschichten, dass andere Kinder sie schlugen und so weiter. Und wenn man ihr diesbezüglich nicht glaubte, ist sie ausgerastet. Wenn es ganz schlimm war, hat sie um sich geschlagen, zugetreten und sogar schon mal zugebissen.

„Woher wollen sie wissen, dass sie nicht vielleicht doch die Wahrheit sagte? Ich meine, die anderen Kinder konnten sie nun mal nicht besonders gut leiden.

„Niemand hat je gesehen, das Julia geschlagen wurde oder des gleichen. Vertrauen Sie meinem Urteil als Psychologin nicht? Oder denken Sie, die Kinder hätten sich diesbezüglich untereinander abgesprochen? So eine Art Verschwörung gegen ein kleines krankes Mädchen?

„Das habe ich nicht damit gemeint. Nichts desto trotz, haben Sie mal mit Julias Eltern darüber gesprochen?

„Ja, das habe ich. Selbst die Eltern konnten sich Julias Verhalten nicht erklären. Sie sagten, ich sei die Ärztin und sollte mich darum kümmern und herausfinden, warum sie sich so benahm.

„Mehr hatten die Eltern nicht dazu zu sagen?

„Nein. Wissen Sie, Frau Andersen, keiner ist je aus Julia schlau geworden und keiner von uns wäre es je geworden, selbst wenn sie achtzig Jahre alt geworden wäre. Sie ist zu Lebzeiten ein Rätsel gewesen und ist auch als ein solches gestorben.

Ich musste ihr bezüglich des Rätsels recht geben und fügte noch in Gedanken hinzu, dass durch ihren Tod noch mehr Rätsel an die Oberfläche kamen – zumindest für mich.

Friedle und ich verließen das Büro von Dr. Klaus gegen 20:30 Uhr.

„Nun Herr Friedle, was sagen Sie dazu?

„Nichts, ich denke, das es ein Unfall war und damit sollten auch Sie sich abfinden. Ich werde den Fall beenden und die Akte schließen.

Ich seufzte.

Na gut, sollte er es doch tun, ich würde weiter daran arbeiten. Ich hatte ja schließlich noch die Akten in meinem Laptop, auch wenn ich die wohl nicht mehr brauchen würde, denn ich ging davon aus, dass sie nicht korrekt waren.

Als Friedle später weg war, beschloss ich mich ein bisschen in Julias Zimmer umzusehen, bevor die Eltern Ihre Sachen abholen würden. Als ich jedoch das Zimmer betrat, war all ihr Haben nicht mehr da. Der Schreibtisch, der Schrank sowie das

Regal waren leer. Ich setzte mich auf ihr Bett und blickte mich im Zimmer um. Dann fiel mir eine Unebenheit hinter dem Schreibtisch an der Leiste auf. Ich kroch also unter den Schreibtisch und entnahm die lose Leiste aus der Wand. Wieder einmal dachte ich daran, wie die Spurensicherung so etwas hatte übersehen können.

Ich griff mit der rechen Hand in das Loch und brachte – wie ich kurz darauf bemerkte – Julias Tagebuch zum Vorschein. Ich steckte dieses heimlich in meine Tasche, tat die Leiste wieder an ihren ursprünglichen Platz und verließ Julias Zimmer und das Internat „Sommersonne.

Da keine Nachricht von Tom hinterlassen wurde, ging ich sofort auf mein Zimmer und las Julias Tagebuch. Ihre beiden letzten Einträge waren besonders interessant:

15. März 1998
„. . . Ich bin nicht verrückt, warum sagen das alle. Sie wollen doch nur von sich selbst ablenken. Sie sind doch diejenigen, die verrückt sind. Ich fürchte mich vor ihnen, sehe so viele Augen, ihre Augen, alle sind sie gleich, rot und sie leuchten, ich bin nicht verrückt, nein, ich bilde mir das alles nicht ein . . . Ich habe es vorausgesehen, der Tag, an dem ich hier hin komme, hier nach „Sommersonne". Und bald wird der Tag kommen, wo ich nicht mehr bin. Ich träume jede Nacht davon . . . ich sehe Wasser und ich sehe Dunkelheit...ich habe Angst davor. Mein einziger Wunsch wäre, dass jemand kommt, jemand der uns aus dieser Hölle und von all den Besessenen hier befreit . . .

Ich blätterte um.

20. März 1998

Ich spüre ihren rauen Atem. Ich weiß, dass ich sterben werde . . . noch heute Nacht. Und ich weiß auch, dass jemand kommen wird, um sie alle zu töten . . . sie wird es finden, mein Tagebuch und allen helfen, ist es auch für mich zu spät . . . ich werde sterben und im Meer der Ewigkeit versinken...Mama, Papa, ich liebe Euch so sehr und ich verzeihe Euch, dass ihr mir nie Glauben schenktet, doch ich wurde dazu geboren, dazu all diese Bosheit herauszufordern, und den Menschen zu finden, der sie alle vernichten wird. Du – unbekannte Fremde – und ich, wir beide sind dazu auserwählt, diese Welt vor ihnen zu retten . . . und nur wir beide . . . und sollte einer von uns scheitern, so wird die Welt verloren sein . . . mein Schicksal ist es zu sterben, denn nur durch meinen Tod wirst du die Möglichkeit haben, sie zu bekämpfen und zu besiegen . . . sei jedoch auf der Hut vor der Kobra, sie wird sich nicht gleich zu erkennen geben . . . ihr Biss kann tödlich sein . . . sei auf der Hut . . . nun zerbricht das gerade noch so vollkommene Bild vor meinen Augen . . . ich schmecke bereits das Blut der Toten und spüre der Engels Tränen . . .

Ich war schockiert, über das, was ich las. Nun war noch ein größeres Rätsel zum Vorschein gekommen und der Fall schien unlösbar. Was hatte sie mit all dem gemeint? Hatte sie wirklich die Fähigkeit, all das Vorauszusehen? Sogar ihren eigenen Tod und das, das ich ihr Tagebuch finden würde? Aber wer waren die Besessenen? Ihre Mitschüler, die Lehrer, oder gar das ganze Internat? War das ganze Internat wirklich voll von lauter Besessenen? Ich hatte langsam das Gefühl, als würde ich den Verstand verlieren. Ich konnte nicht glauben was ich da las und doch fühlte ich mich so sehr zu all dem hingezogen, schon von Anfang an.

Doch wenn ich das jemandem erzählen würde, würde man auch mich als verrückt erklären. Doch was meinte Julia mit der Kobra? Wer war sie und warum sollte ich mich vor ihr in Acht nehmen? Vielleicht Frau Hauser, oder gar die Psychologin? Doch das schien zu eindeutig zu sein. Julia meinte, dass sie sich nicht gleich zu erkennen gab. Nun zitterte ich am ganzen Leib. Doch nach nur wenigen Augenblicken hörte ich auf daran zu zweifeln, was Julia schrieb, dachte und fühlte, ich zweifelte auch nicht mehr an ihrer Angst. Ich hatte mich damit abgefunden, die Auserwählte zu sein . . .

Kapitel 4 - Ein Verbündeter und neue Erkenntnisse

Am nächsten Morgen rief ich Tom noch vor dem Frühstück an und erzählte ihm von Julias Tagebuch und von dem was drin stand. Ich vertraute Tom und er war der einzige, der mich nicht für verrückt hielt. Nach meinem Gespräch mit Tom – er sagte mir, dass das Blut auf dem Stein auf jeden Fall aus der Tatnacht stammte – war ich nicht schlauer als vorher.

Ich war hin und her gerissen zwischen der Realität und den Vermutungen und möglichen Hirngespinsten eines elfjährigen Mädchens.

Später war ich auf dem Weg ins Internat „Sommersonne. Heute wollte ich mich nur umsehen, beobachten, wie sich alle verhielten. Ich wollte keine Fragen stellen, es sei denn, es ließ sich nicht vermeiden. Ich ging erneut in den Garten und setzte mich auf die Bank vor dem Teich.

Dann ließ ich meine Gedanken kreisen, versuchte zu erkennen, was hier vor sich ging, versuchte die Wahrheit zu finden. Doch die Wahrheit war, dass ich gar nicht wusste wonach ich suchte und warum mich das Gefühl nicht losließ, das es hier nicht mit rechten Dingen zuging.

So in Gedanken merkte ich nicht, dass der Gärtner auf mich zukam.

„Gibt es Neuigkeiten Frau Andersen?

„Nein, der Fall wurde beendet, die Akte geschlossen, zumindest für die Polizei.

„Ja, habe ich von gehört, aber nicht für Sie, nicht wahr?

„Genauso ist es.

Die Natur zeigte sich von der guten Seite.

„Hören Sie, Lorelei, ich muss Ihnen etwas Wichtiges erzählen, aber das hier ist nicht der richtige Ort dafür . . .

Ich blickte auf, überrascht von dem, was der Gärtner gerade sagte.

„Worum geht es?

„Gehen wir woanders hin, bitte.

„Na gut, treffen wir uns in einer halben Stunde vor der Herberge, wissen Sie wo die ist?

Er nickte.

Nun war ich gespannt darauf, was Gabriel Hofmann – der Gärtner – mir zu sagen hatte.

Gabriel war pünktlich und gemeinsam gingen wir hinauf auf mein Zimmer.

„Also, fing ich an, „was haben Sie mir wichtiges mitzuteilen?

„Ich weiß nicht so recht, wie ich das erklären soll, wohlmöglich halten Sie mich für verrückt.

„Machen Sie sich keine Sorgen Gabriel, das werde ich bestimmt nicht. Erzählen Sie mir alles, Sie können mir vertrauen.

„Okay, also wo fang ich an...na gut, als Sie mich neulich über Julia befragten, da war ich nicht ganz ehrlich zu Ihnen.

„Wie meinen Sie das?

„Auf die Frage, ob ich etwas Ungewöhnliches bemerkt hatte, sagte ich nein, aber . . .

„. . . meinten das Gegenteil . . . ?

„Ja, das ist total verrückt, ich meine ich habe es nicht erwähnt, gegenüber keinem, weil mich sonst alle für Verrückt gehalten hätten . . . ich meine ich hatte das Gefühl als halluziniere ich . . .

„Nun lassen Sie sich nicht alles aus der Nase ziehen, Gabriel, erzählen Sie mir, was Sie gesehen haben.

„Also am Tag, bevor Julia starb, war sie ungewöhnlich ruhig und hat den ganzen Tag in ihrem Zimmer verbracht. Die anderen Jungen und Mädchen aus ihrer Klasse standen die meiste Zeit im Garten am Teich vor Julias Fenster und starrten hinauf. Ihre Augen, sie waren so merkwürdig . . .

„. . . vielleicht rot und haben sie auch noch geleuchtet?

„Ja, ja genau . . . wo . . . woher wissen Sie das?

„Erklär ich Ihnen nachher. Was haben Sie noch beobachten können?

„Ja . . . ähm . . . das war unglaublich, die schienen sich zu unterhalten, aber ihr Münder waren geschlossen und im Garten war es so still, das man sprichwörtlich das Gras hat wachsen hören. Etwas später konnte ich beobachten, wie Julia das Fenster öffnete und versuchte hinunter zu springen . . .

„Wollen Sie damit sagen, dass sie versucht hat sich umzubringen?

„Ja, aber das eine Mädchen aus ihrer Klasse, hat sie daran gehindert, es nicht zu tun.

„Wie, vielleicht durch Gedankenübertragung?

„Nein, sie . . . sie . . . sie ist hochgesprungen bis ans Fenster und ins Zimmer aber was dort drin geschehen ist, konnte ich nicht sehen. Ich dachte wirklich, ich sei verrückt. Ein Verrückter unter vielen Verrückten.

„Sie sind nicht verrückt, Gabriel. Und was die anderen angeht, glaube ich eher, dass die besessen sind.

Ich erhob mich vom Bett und entnahm aus der Kommodenschublade Julias Tagebuch. Dann las ich Gabriel ihre letzten beiden Einträge vor.

„Das ist Gruselig, sagte er dann.

„Aber da gibt es noch etwas...
„Was?
„Julia hat Selbstmord begangen . . . ich habe es gesehen . . . und sie hat es mir vorher gesagt . . .
„Wie bitte . . .? Das will ich jetzt bitte aber genauestens wissen . . .
„Also, in dieser besagten Nacht, konnte ich nicht schlafen weil mich all das verfolgte, was ich am Tag beobachtete. Ich wollte hinunter in den Garten um nachzudenken und um frische Luft zu schnappen. Auf dem Weg dorthin ist mir Julia begegnet. Ich weiß nicht warum, aber sie sprach mich an . . .
„Was hat sie Ihnen gesagt?
„Es tut mir leid, Gabriel, sagte sie, aber ich kann nicht zulassen, dass die uns alle vernichten. Nur wenn ich sterbe, gibt es Hoffnung. Nur dann wird SIE kommen und uns alle befreien. Es ist nur eine Frage der Zeit. Dann wird es kein Seelenhaus mehr geben . . .!
„Das hat sie Ihnen gesagt?
„Ja, und dann ist sie den Flur hinunter gerannt. Ich bin ihr natürlich gefolgt. Im Garten ist sie dann gefallen und hart auf einem Stein aufgeschlagen. Wie durch ein Wunder – sie hat zwar geblutet – wurde jedoch nicht ohnmächtig. Jeder andere wäre es durch so einen Aufprall geworden, er hätte sogar tödlich sein können. Jedenfalls stand sie auf und sprang in den Teich. Die Jungen und Mädchen aus ihrer Klasse kamen dazu und wollten sie aus dem Teich fischen doch plötzlich hielten sie sich die Ohren zu, so als würde eine Sirene kreischen, jedoch nur in ihren Köpfen, denn ich hörte nichts. Dann lagen sie da, im Garten auf dem Boden und wälzten sich hin und her. Entsetzen lag in

ihren Gesichtern, sie flehten innerlich, dass dieses furchtbare Geschrei in ihren Köpfen aufhören sollte. Eines der Kinder verletzte sich sogar leicht an der Hand. Ich glaube durch einen spitzen Stein. Wenige Minuten später trieb Julia an der Oberfläche des Teiches – sie war tot. Die Kinder standen wieder aufrecht, als sei nichts gewesen und bewegten sich in meine Richtung. Damit ich unentdeckt blieb, ging ich zurück in mein Zimmer.

Das brachte alle Tatsachen in ein neues Licht. Meiner Meinung nach hatten die Kinder – die Besessenen – etwas vor, vielleicht sogar mit Julia und nur ihr Tod hatte mich in diese Situation gebracht. Sie hatte nur vorausgesehen, dass sie sterben würde, weil sie es plante, weil sie sich selber das Leben nehmen würde. Und obwohl durch Gabriels Geständnis einige Antworten zu Tage gekommen waren, die vorher im Verborgenen lagen, kamen nun auch wieder neue Fragen zum Vorschein. Was trieb ein elfjähriges Mädchen dazu Selbstmord zu begehen? War sie nun tatsächlich krank, oder war all das real, was sie sah und was ihr Angst machte? Was war das für eine Macht, die sie dazu trieb, sich das Leben zu nehmen? Hatte Sie sich das alles wirklich nur eingebildet? Aber warum konnte es dann Gabriel auch sehen?

„Danke, dass Sie mir das gesagt haben, Gabriel. Ich weiß zwar nicht, was ich nun tun soll, aber ich werde versuchen, Julias Wunsch zu erfüllen.

„Ich weiß auch nicht wie man Besessene vernichtet, vielleicht mit einem Zauberspruch, aber sie sind ja keine Hexe . . .

„Nein, aber es würde mich nicht wundern, wenn so etwas in mir wäre, bei all dem was hier im Moment passiert, würde mich selbst das nicht mehr überraschen. Gabriel sah plötzlich traurig aus, seine Augen hatten eine unheimliche Leere. Je länger ich in sie hinein sah, desto mehr wurde mir bewusst, dass ihn das mehr mitnahm, als er zugab.

„Ich muss jetzt gehen, sagte er.

„In Ordnung, Sie haben ja meine Nummer, bitte rufen Sie mich an, wenn etwas ist, ja?!!

„Das werde ich tun.

Dann ging er und ich wünschte, er hätte wenigstens einmal gelächelt . . .

Kapitel 5 - Narkose

Als ich am Nächsten Tag das Internat und den vierten Stock betrat, wünschte ich mir, ich hätte Gabriel niemals gehen lassen. In seinem Zimmer war es dunkel, die Vorhänge waren zugezogen und die Fenster geschlossen. Es war ein Bild des Grauens. Er hing vor mir, ein dickes Seil um seinen Hals und seine leeren Augen starrten mich an, als wollte er mir etwas sagen. Aber was? Vielleicht weil es ihm leid tat, dass er das getan hatte? Aber warum hatte er sich umgebracht? Oder war es vielleicht kein Selbstmord sondern Mord?

Jedenfalls würde es mich nicht wundern.
„Guten Morgen, Lorelei.
Ich drehte mich um und sah Friedle.
„Guten Morgen Herr Friedle.
„Und, wie kommen Sie mit Ihrem Fall voran?
„Ich weiß jetzt, dass Julia Selbstmord begangen hat, genau wie er hier. Und das Beste kommt noch – Gabriel Hofmann, ihr toter hier, hat es gewusst. Was sagen Sie dazu?
„Woher wissen Sie das?
„Er hat es gesehen. Er hat gesehen, wie sie in den Teich gesprungen und ertrunken ist.
„Er hat was? Das ist doch ein schlechter Scherz. Warum hat er mir nichts davon gesagt?
„Hmm, ich denke, weil Sie ihn sonst für verrückt gehalten hätten!
„Wieso?
„Das kann und will ich Ihnen nicht sagen. Der Fall ist abgeschlossen, nicht wahr Herr Friedle?
An jenem Gesichtsausdruck, der er machte, hatte ich das Geheimnis gelüftet. Ich hatte die

Identität der Kobra gelüftet. Darüber freute ich mich innerlich.

„Was hat er noch gesehen, Lorelei?

„Er sah, wie die anderen Kinder sich auf dem Boden wälzten, weil Julia es nicht zuließ sie aus dem Teich heraus zu holen. Sie hat vorausgesehen, dass sie sterben wird, um damit jemanden zu rufen.

„Das ist doch Blödsinn. Sie glauben doch nicht daran.

Eine Weile hatte ich auch meine Zweifel, doch als ich dann das rote leuchten in Friedle's Augen sah, wusste ich, dass sich weder Julia noch Gabriel etwas eingebildet hatten.

Als sich Friedle kurz umdrehte verließ ich den Raum. In der Halle angekommen kam eine Frau auf mich zu, sagte

„das soll ich Ihnen von Herrn Kommissar Friedle geben, und überreichte mir etwas, das in einem Taschentuch eingewickelt war. „Es tut mir leid, sagte sie und verschwand durch eine Tür. Ich konnte mich noch an einen stechenden Schmerz erinnern und als ich das Taschentuch samt Inhalt fallen ließ, bluteten meine Handflächen. Kurz danach war alles dunkel . . .

Langsam schlug ich die Augen auf. Wo war ich nur und wie viel Zeit war seit meiner Ohnmacht vergangen?

Ich blickte mich um. Überall war Wüste. Wo in Gottes Namen war ich? In Deutschland durfte es nicht gewesen sein, denn dort gab es keine Wüste. Ich stand auf und blickte auf meine Handflächen. Das Blut war mittlerweile getrocknet, doch die Wunden schmerzten immer noch. Ich blickte hinauf. Die Sonne stand hoch am Himmel und brannte glühend heiß auf meinen Kopf. Es tat mörderisch weh, und bekam leichte Kopfschmerzen.

Mit Schmerzverzerrtem Gesicht ging ich Schritt für Schritt bis ich an eine Straße kam – eine Landstraße. Mir kam es zwar wie eine Ewigkeit vor, aber es dauerte nur wenige Minuten, bis ein Wagen kam und anhielt.

„Wie kann ich Ihnen helfen?", fragte der Mann im Auto auf Englisch.

„Können Sie mir sagen, wo ich bin?

„Ja, Sie sind in Texas, Madam, etwa 20 Meilen vor Houston. Was ist passiert?

„Ich habe keine Ahnung, wie ich hier hin gekommen bin. Oh mein Gott, Texas . . .

„Das kann ich Ihnen auch nicht sagen, soll ich Sie mit nach Houston nehmen?

„Ja, das wäre klasse.

„Dann steigen Sie mal ein Miss . . .?!

„Andersen, Lorelei Andersen.

„Also gut, Lorelei, ich bin John. Willkommen in Texas.

Als ich zu John in den Wagen stieg und wir auf dem Weg nach Houston waren, erzählte ich ihm, was vorgefallen war. Und ich ließ kein Detail aus.

„Sie denken jetzt bestimmt, ich sei verrückt.

„Nein."

„Nein?"

„Nein, sollte ich?!"

„Eigentlich schon, ich meine das klingt doch verrückt. Ich hätte es auch nicht geglaubt, wenn ich es nicht mit eigenen Augen gesehen hätte."

Sobald wir in Houston ankommen würden, würde ich als erstes Tom anrufen. Aber was, wenn es zu spät war, bis Tom hier sein konnte? Auch schon allein wegen Lisa. Was, wenn Sie bis dahin ihren teuflischen Plan längst ausgeführt hätten? Ich musste sofort handeln.

„Ähm, John, ähm, darf ich Sie um einen Gefallen bitten?"

„Klar."

„Ähm . . . könn . . . könnten Sie . . . könnten Sie mir ein bisschen Geld für ein Flugticket nach Deutschland borgen? Ich . . . ich zahl es Ihnen auch doppelt zurück . . ."

John lächelte nur.

„Gerne."

„Ähm . . . Sie leihen es mir wirklich?"

„Ja."

„Wieso?"

„Wieso?"

„Ja, wieso?"

„Nun, einer muss doch die Welt retten, und wenn es nach Julia ginge, dann sind Sie wohl diejenige, Superwoman . . ."

„Ich . . . ich bin nicht Superwoman . . . ich weiß noch nicht einmal, was ich tun soll, wie tötet man eigentlich Besessene? Ich bin doch keine Hexe oder so, ich kann nicht zaubern . . ."

„Vertrauen Sie auf Ihren Instinkt und folgen Sie ihrem Herzen, dann werden Sie schon raus finden, wie man Besessene tötet. Vielleicht müssen sie die auch nur befreien, wie in der Exorzist."

„Sie machen Scherze?"

„Nein. Sollte ich?"

„Das war doch nur ein Film, und ich glaube nicht, dass die etwas mit dem Teufel zu tun haben. Oder doch?! Ich meine warum bin ich dann auserwählt worden. Ich bin doch kein Priester oder so. Und außerordentlich gläubig bin ich auch nicht. Nein, das ist etwas anderes, kein Exorzismus."

Wenige Stunden später waren John und ich am Flughafen von Houston.

„Warum tun Sie das für mich, John?"

Er lächelte nur und küsste mich auf die Wange.

„Denk immer daran, dass nichts auf der Welt zufällig passiert. Alles ist Schicksal. Und dein Schicksal ist es nun mal, diesen Dämonen kräftig in den Arsch zu treten. Also, Lorelei, du solltest jetzt wohl am besten in die Maschine steigen und die Welt retten. Wir alle zählen und hoffen auf dich."

Erneut küsste er mich, diesmal jedoch auf den Mund. Dann ging ich, wollte in das Flugzeug steigen und zurück nach Deutschland fliegen. Ich drehte mich noch ein letztes Mal um, wollte ihn, seine wundervollen Augen noch einmal sehen. Doch er war nicht mehr da, er war einfach fort. Es war wohl wirklich Schicksal. War er vielleicht mein Engel in Not? Hatte ihn vielleicht Julia geschickt? Ich war fest davon überzeugt, dass er ein Bote des Himmels, ein Bote Julias gewesen war.

Als ich im Flugzeug saß, freute ich mich am meisten, Tom bald wieder zu sehen, den ich vor dem Abschied von John noch anrief. Und ich freute mich auf Lisa.

Dann kam mir Julias Tagebuch wieder in den Sinn. Auch der Eintrag über die Kobra.

Ich war mir nun auch sicher, dass Gabriel keinen Selbstmord begann. Ganz sicher hatte Friedle – die Kobra – das alles so aussehen lassen. Keinem würde es je auffallen, erst recht nicht, wenn das ganze Internat aus Besessenen bestand. Aber warum? Weil er es gesehen hatte? Julias Selbstmord. Und es nicht verhindert hatte? Nun machte alles einen Sinn. Ich war mir sicher, dass sich

Friedle vor den Sirenen fürchtete und geglaubt hatte, Gabriel hätte sie heraufbeschworen. Dann schloss ich meine Augen und schlief den restlichen Flug über.

Kapitel 6 - Der Schrei der Sirenen

Ich fiel Tom in die Arme, als er mich am Flughafen abholte. Es war schön, ein Vertrautes Gesicht zu sehen.

„Wo ist Lisa? Wie geht es ihr?"

„Sie ist bei ihrer Mutter, die heilfroh ist, dass es Lisa gut geht. Sie war auch darüber froh und dankbar dafür, dass du Lisa nicht im Internat gelassen hast."

„Waren meine Sachen noch alle in der Herberge, Tom?"

„Ja, war noch alles da. Sogar Julias Tagebuch."

Ich war erleichtert. Zusammen fuhren wir in Toms Haus. Dort duschte ich kurz und legte mich dann schlafen. Am nächsten Tag würde ich ein letztes Mal in das Internat „Sommersonne" gehen und all das vernichten, wovor Julia sich so sehr fürchtete, all das, was Julia dazu trieb, Selbstmord zu begehen. Obwohl ich beim besten Willen nicht wusste, wie ich das anstellen sollte. Dann dachte ich an die Worte von John und schlief mit dem Gedanken an sein Lächeln ein.

Ich hatte ein merkwürdiges Gefühl in der Magengegend, als ich im Auto saß und auf dem Weg ins Internat war. Auch ein Gefühl der Ungewissheit schlich sich in mich. Ich zitterte und Schweißperlen standen auf meiner Stirn. Was würde mich dort wohl erwarten? Und wo zum Teufel steckte Friedle? Sollte er tatsächlich die Kobra sein, vor der mich Julia gewarnt hatte, und deren Gift mich nach Texas brachte? Doch ich fragte mich, warum er mich nicht auch getötet hatte, sowie Gabriel? Was, wenn auch ich die Fähigkeit hatte, die Sirenen singen zu lassen? Warum nur ging er nicht auf Nummer sicher? War er denn wirklich so naiv und dumm?

Vor dem Internat hielt ich an. So, wie es nun vor mir stand, hatte ich es noch nie gesehen. Graue Wolken warfen einen unheimlichen Schatten auf das Gebäude und es kam mir vor, als würden sich die Türen und Fenster bewegen, ohne sich zu öffnen. Eigentlich schien sich alles zu bewegen, das Haus, die Bäume und Sträucher davor, ebenso wie das große Tor.

Langsam ging ich auf das Tor zu. Ich wollte es öffnen, aber es war verschlossen. Das hielt mich jedoch nicht von meiner Mission ab, also kletterte ich darüber. Nun war ich auf der anderen Seite und sobald ich das Innere des Internats erreichen würde, gäbe es kein Zurück mehr. Ein kalter Wind fuhr über mich und ließ mich noch mehr erschauern. Ich rechnete fest damit, dass die Eingangstür ebenfalls verschlossen war, aber zu meinem Erstaunen war diese offen.

Die große Tür knarrte beim öffnen. Langsam trat ich hinein. Doch was würde ich tun, wie würde ich vorgehen? Ich wusste es nicht. Ich beschloss einfach meinem Herzen zu folgen, wie es John gesagt hatte.

In der Eingangshalle brannte kein Licht, alles war dunkel und als ich meine Taschenlampe hervor nahm, bemerkte ich, dass der Empfang nicht besetzt war. Mit langsamen Schritten ging ich darauf zu, als ich hinter mir plötzlich ein Geräusch hörte. Ich knipste die Taschenlampe aus, ging schneller auf den Empfang zu und versteckte mich dahinter.

Von dort aus konnte ich beobachten, wie Frau Hauser und Jürgen Friedle die große Marmortreppe herunter kamen. Sie sprachen nicht miteinander, sondern gaben sich nur Zeichen. Frau Hauser ging auf die Eingangstür zu und verriegelte diese.

Nun saß ich tatsächlich in der Falle. Und obwohl ich schon so oft hier war, war ich immer noch nicht so sehr mit dem Gebäude vertraut.

„Sie ist bereits hier, bereiten Sie alles vor, sagte Friedle schließlich."

Ohne Worte ging Frau Hauser die Marmortreppe wieder hinauf. Friedle sah sich kurz um und folgte ihr darauf. Ich blieb noch hinter dem Empfang und nahm Julias Tagebuch aus meiner Tasche hervor. Nur um sicherzugehen, dass ich nichts Wichtiges übersehen hatte, überflog ich es nochmals. Ich las Zeile für Zeile und Buchstabe für Buchstabe.

Nachdem ich mir ihre letzten beiden Einträge zum X-ten Male durchgelesen hatte, legten sich, wie durch Zauberhand, folgende goldleuchtende Buchstaben in Form jenes Satzes auf das leere Papier:

GEH IN DEN KELLER UND ÖFFNE
DORT ERNEUT DAS TAGEBUCH

Ich ging davon aus, dass der Pfeil mir den Weg in den Keller zeigte.

Langsam kroch ich vor den Empfang und ging auf die Kellertür zu. Die Taschenlampe schaltete ich erst wieder ein, als ich vor der Kellertreppe stand und die Tür hinter mir schloss.

Dann öffnete ich erneut das Tagebuch. Dort stand nun:

GEHE DIE TREPPE HINUNTER

Das tat ich dann auch. Wie in jedem anderen Keller, war es auch hier ziemlich unheimlich. Meine Nackenhaare standen hoch und überall hatte ich Gänsehaut.

Das Tagebuch offen in meiner Hand haltend, setzte ich einen Fuß vor den anderen.

„Lorelei . . . Lorelei . . . ich bin hier . . .", hörte ich plötzlich jemanden rufen. Ich hatte jedoch das Gefühl, dass die Stimmen nur in meinem Kopf waren.

„Lorelei . . ."

War es Julia? War sie es, die mich rief?

„Lorelei . . . Lorelei . . ."

Ich folgte dem Ruf bis in den Heizungskeller. Als ich diesen betrat, stockte mir der Atem. Vor mir stand ein Mädchen, dessen Haare wie Gold glänzten, dessen Augen wie Sterne funkelten und dessen Körper, dessen ganzes Erscheinungsbild, fast wie Glas war.

„Hab keine Angst, Lorelei . . ."

War es tatsächlich Julia, die vor mir stand? Wahrscheinlich. Nun war ich wie gelähmt, konnte mich nicht bewegen. Sie schwebte langsam auf mich zu, immer mit einem Lächeln auf ihrem blassen Gesicht. Bevor ich mich versah, war sie eins mit mir und ich eins mit ihr. Sie war in meinen Körper eingedrungen.

Ich verließ kurz darauf den Heizungskeller und ging zurück in die Eingangshalle. Plötzlich standen hunderte von Kindern, die Lehrer und an erster Stelle Jürgen Friedle in der Halle vor mir. Ich schloss die Augen und plötzlich kam jenes Bild vor meinem Geistigen Auge. Ich sah Julias ganzes Leben vor mir wie ein Film durchlaufen. Ihre Geburt, die Einschulung hierhin. Sogar ihre hysterischen Anfälle, bis hin zu ihrem tragischen Selbstmord. Nun verstand ich auch, was Gabriel mir sagte . . .

Nun öffnete ich die Augen wieder und breitete meine Hände, mir den Handflächen nach vorne, aus. Ein starker Wind umschloss die Halle. Meine Haare flogen und aus meinen Augen trat ein helles Licht hervor. Alle Kinder, die Lehrer und Friedle hielten sich plötzlich die Hände an die Ohren und fielen nacheinander auf den Boden. Dort wälzten sie sich hin und her, gequält von dem Schrei der Sirenen.

Ich bemerkte kaum, dass ich schwebend die Halle und das Internat verließ . . .

Kapitel 7 - Das Ende der Sommersonne

Vor dem Internat kam ich wieder zur Besinnung. Ich konnte durch mein Inneres Auge sehen, dass alle in der Halle lagen und den Schlaf der Sirenen vollzogen. Ich hatte nun nicht mehr viel Zeit um meine Mission zu beenden. Ich sprang hinauf in den vierten Stock in Gabriels Zimmer. Dort lag immer noch seine Leiche, schon fast verwest. Ich legte meine Hand über sie und danach war sie verschwunden.

Wie ein Geist schlich ich durch das Internat. Irgendwie war ich nicht mehr Herr meiner Sinne und doch war mir bewusst, was ich tat. Ich blickte aus dem Fenster, als ich im dritten Stock in Frau Hausers Büro war. Die Wolken am Himmel waren nun nicht mehr grau, sondern Pechschwarz. Es blitzte, donnerte und regnete wie aus Kübeln.

„Lorelei, bitte helfen Sie mir . . ."

Ich drehte mich um. Doktor Cornelia Klaus stand in der Tür und hatte eine stark blutende Kopfwunde.

„Ich will das nicht . . . bitte Lorelei . . . helfen Sie mir . . ."

„Was ist passiert, Dr. Klaus?", fragte ich, blieb jedoch auf Distanz. Ich konnte ihr nicht trauen, nicht in einem Haus voller Besessenen.

Sie müssen mir glauben, ich bin nicht mehr wie die, bitte . . . sonst . . . sonst wäre ich doch auch da unten . . . und . . . würde auf dem Boden liegen.

Irgendwie klang es logisch, erklärte jedoch nicht, warum sie so zugerichtet war.

„Wer hat Ihnen das angetan?"

„Es waren Die, diejenigen, die man die Besessenen nennt. Aber in dem Fall nicht...nicht den

Exorzismus meint. Sie sind nicht vom Teufel besessen."

„Wovon dann?"

„Von den Seelen der Unschuldigen. Ihre Existenz hängt davon ab."

Was heißt das genau?

„Das heißt, dass der Geist, die Kreatur, in eine Person einfährt und sich in ihrem Körper von dessen Seele ernährt. Das können sie jedoch nicht auf Dauer."

„Was passiert, wenn eine Seele verbraucht ist?"

„Der Körper fängt an, von innen zu verbluten und der Geist der Kreatur wird in das Vinorum verbannt."

„Wohin?"

„In das Vinorum. Das ist eine Zwischenwelt. Und zwar zwischen der realen Welt der Menschen und der Welt, die sich Erenor nennt. Das ist die Welt, in der die Kreaturen leben."

„Warum bleiben sie nicht einfach dort und kommen stattdessen in unsere Welt?"

„Weil ihre Welt schwindet. Jede Kreatur, die keinen Seelenkörper findet, wird direkt in das Vinorum verbannt. Und ist man erst einmal dort, gibt es kein Entkommen mehr. Man sagt, diese Welt wird von Dämonen regiert, deren Schreie entsetzlicher sind, als alles andere, was man sich vorstellen kann . . ."

„Die Sirenen . . ."

„Ja. Der König der Dämonen hat die Welt der Erenoraner vor kurzem entdeckt und ihren höllischen Plan, die Herrschaft über alle Welten zu übernehmen."

„Sind diese Dämonen nicht böse?", wollte ich wissen.

„Nein, sie sind weder Gut noch Böse. Sie wachen über alle bösen Seelen. Das heißt, wenn in irgend einer Welt, ein Mensch oder eine Kreatur sein Ableben findet, kommt seine Seele in das Vinorum wo sie für alle Ewigkeit für all die Taten die sie begangen hat bestraft wird. Jede böswillige Seele oder Kreatur fürchtet sich vor dem Schrei der Sirenen."

Ihre Stimme wurde schwächer. Sie hustete und röchelte.

„Woher wissen Sie das alles?", fragte ich sie. Ich ging dabei auf Sie zu und begleitete sie zum Bürosessel. Dort nahm sie Platz.

„Ich bin einmal einer von Ihnen gewesen, es ist nur einige Stunden her . . ."

„Wie wollen diese Erenoraner die Herrschaft über diese Welt nehmen, wenn ihnen die Seelen der Menschen ihren Hunger nicht auf Dauer stillen kann? Das macht alles keinen Sinn."

„Es gibt eine Möglichkeit und nur eine, wie sie das schaffen können . . ."

Und die wäre?

„Ein weibliches, reines Wesen, vom Geiste der Erenoraner verschont und mit der Gabe der Übersinnlichkeit, sollte als Opfer dienen. Wenn dieses Wesen in das Vinorum verbannt werden würde, wäre es für immer zerstört und der Hunger der Kreaturen für immer gestillt. Das hieße, dass es nur noch böses auf der Welt und keinen Tod mehr geben würde."

Doktor Klaus wurde immer schwächer.

Nun wurde mir einiges klar. Julia sollte das Opfer sein und nun, wo sie tot war . . . sie brauchten mich . . . deshalb sollte Frau Hauser alles vorbereiten, sie hatten auf mich gewartet, deshalb hatten sie mich nicht getötet. Sie brauchten Zeit und keinen, der sich in ihre Pläne einmischte.

„Wie kann man sie vernichten und gibt es eine Chance für die Körper und deren Seelen?"

„Nein, denn sobald der Körper von der Kreatur befreit ist, passiert mit ihnen dasselbe wie mit mir – sie werden innerlich verbluten – ein schrecklicher Tod. Es gibt nur eine Möglichkeit, sie zu vernichten."

„Und die wäre?", fragte ich neugierig und bettelte innerlich darum, sie würde es mir noch sagen können, bevor es mit ihr zu Ende ging.

„Wenn die Körper der Menschen brennen, entweichen die Kreaturen aus ihnen direkt in das Vinorum. Doch achte darauf, dass sie durch die Sirenen betäubt sind, denn nur dann, wenn die Menschen schlafen, erleichterst du ihr sterben. Der Fürst jedoch – Kommissar Friedle – kann man so nicht verbannen. Du musst deine Hand über ihn halten und den Satz: *ANASTA VINORUM ECUSA* aussprechen. Damit verhinderst du gleichzeitig den Orientierungssinn der übrigen Erenoraner. Sie werden hin und her gerissen sein und sie werden sich nicht gegen das Feuer wehren können. Doch achte darauf, dass du dich konzentrierst. Du musst dich auf jede einzelne Seele, jeden einzelnen Körper hier konzentrieren, denn solltest du nur einen vergessen, so kann dieser innerhalb von nur zwei Tagen eine ganze Kolonne gründen. Du darfst nicht versagen, sonst sind wir alle der Verdammnis ausgeliefert und du - liebe Lorelei - du wirst die Ewigkeit der gepeinigten Seelen erfahren . . ."

Das waren ihre letzten Worte.

Sie war tot.

Sie starb in meinen Armen.

Nun wusste ich, was zu tun war. Ich ging zurück in die Halle. Dort lagen immer noch alle auf dem kalten Marmorboden, betäubt von den Sirenen der Dämonen aus der Zwischenwelt, die sich meinen Körper – ebenso wie vorher den von Julia – ausliehen um die Kreaturen davon abzuhalten uns zu verbannen, uns zu opfern. Ich betrachtete die ruhenden Körper der Kinder. Warum mussten es ausgerechnet Kinder sein? Sie waren doch noch so jung und hatten ihr ganzes Leben doch noch vor sich. Aber leider konnte man nun daran nichts mehr ändern. Ich ging zu Friedle. Ich wusste nun, welche Kraft in mir war. Ich tat das, was mir Dr. Klaus sagte. Ich legte meine Hand über Friedle´s Körper und sagte: *ANASTA VINORUM ECUSA!* Ich beobachtete wie ein Schleierartiges Wesen aus seinem Körper auffuhr. Kurz danach öffnete Friedle die Augen und blickte zu mir hinauf. „Ich habe ihn getötet . . . Gabriel . . . ich war es . . .

„Ja, ich weiß."

„Sie sind eine viel bessere Polizistin als ich . . . Danke . . . danke für alles . . ."

Meine Hand lag immer noch über seinem Körper. Ich betäubte ihn, damit er nicht leiden musste.

Bevor ich das Internat verließ, ließ ich erneut die Sirenen erklingen, damit die Kreaturen, ebenso wie die Körper und Seelen der Menschen, betäubt waren.

„Wenn ihr schon sterben müsst, dann wenigstens Schmerzfrei", sagte ich und verließ das Internat.

Nun stand ich wieder vor dem verschlossenen Tor und erinnerten mich daran, wie alles anfing. Und in wenigen Augenblicken würde von all dem hier nichts mehr übrig sein.

Ich schloss die Augen, streckte erneut die Hände zur Seite und konzentrierte mich auf die Kreaturen und auf die Seelen und die Körper der Menschen im Inneren des Internats.

Dann explodierte das Gebäude von innen heraus. Fenster zersprangen, Balken brachen übereinander und über dem Haus konnte man die Silhouetten der Kreaturen – der Erenoraner – sehen, wie sie in das Vinorum verbannt wurden.

Es dauerte nicht lange, bis von „Sommersonne nichts weiter als ein Haufen Asche übrig blieb. Der Wind der nun über all dem aufkam löschte in wenigen Augenblicken alle Erinnerung aus den Köpfen der Menschen. Vor allem aus denen der Angehörigen. Es war so, als hätten sie nie ein Kind oder Verwandten gehabt. Tom, ich und auch John waren die Einzigen, die sich noch daran erinnern konnten.

Als dies nun alles vorbei war, kam Julias Geist wieder aus meinem Körper heraus.

„Danke, danke für das Leihen deiner Kräfte", sagte ich.

„Oh nein, Lorelei, es waren Deine Kräfte, nicht meine. Die deinen sind überragender, als es meine je waren. Und als ich starb, starben sie mit mir . . .", sagte sie und verschwand.

Dann stieg ich in meinen Wagen und fuhr zurück zu Toms Haus.

Kapitel 8 - Eingeständnis und Berufung

Ich saß in Toms Badewanne und wusch mir den Dreck und den Ruß dieser Ereignisvollen Nacht von der Haut. Nur in meiner Erinnerung blieb es und egal wie viel Seife ich benutzte, daraus konnte ich es nicht waschen.

Tom kam ins Bad.

„Soll ich dir den Rücken schrubben, Schwesterherz?"

„Ich bitte darum. Hey, was sagst du nun dazu? Ich meine dass du jetzt eine Schwester hast, die magische Fähigkeiten besitzt."

„Ganz ehrlich?"

„Ja, ganz ehrlich."

„Ernsthaft."

„Ich find's klasse!"

„Wirklich?"

„Ja."

„Und wir arbeiten auch weiterhin zusammen?"

„Ja."

„Ja?"

„Ja!"

„Schön."

„Find ich auch."

Es war schön, dass es einen Menschen auf der Welt gab, der immer zu mir hielt und auf den man sich verlassen konnte. Später stellte sich heraus, dass da noch ein zweiter war und den würde ich bald aufsuchen . . .

„Hey, bist du sicher, dass wir hier richtig abgebogen sind? Mir kommt es vor, als seien wir schon mal hier gewesen", sagte ich zu Tom.

Er lenkte den Ford Escort in die nächste Abbiegung.

„Das kommt dir nur so vor, Lorelei. Hier sieht doch alles gleich aus. Wüste eben . . .

„Ach meinst du?"

„Ja."

„Ich sag dir, wir haben uns verfahren . . ." Ich konnte den Satz nicht zu Ende bringen. Vor uns auf der Straße stand ein blauer Pick-up, der mir irgendwie bekannt vor kam.

„Halt mal dort an. Los, der braucht vielleicht unsere Hilfe."

Als Tom anhielt, war mir sofort klar, warum ich diesen Pickup kannte – es war John.

Voller Freude ihn wieder zu sehen, stieg ich aus dem dunklen Ford und fiel ihm direkt in die offenen Arme.

„Es ist so schön dich wiederzusehen", John, sagte ich.

„Und es ist schön, dich wiederzusehen, Lorelei."

Ohne groß zu zögern, küsste er mich.

„Wir haben Dich schon gesucht", sagte Tom, der nun dazu kam.

„Ich bin Tom, Tom Andersen, Lorelei's großer Bruder."

„Hallo Tom, schön dich kennen zu lernen. Was macht ihr hier? Ihr seid doch nicht extra wegen mir hier her gekommen, oder?"

„Unter anderem. Wir sind hier her gezogen, vor drei Wochen. Hab mir dort drüben, 10 Meilen außerhalb von Houston eine kleine Ranch mit ein paar Pferden gekauft, sagte Tom.

„Das ist nicht Euer Ernst, John konnte es kaum glauben."

„Doch, das ist es. Und nun hilft Lorelei Dir."

Es war so schön wieder bei John zu sein. Auch wenn es solange dauerte, bis wir uns wiedersahen, es hatte sich gelohnt. Später saßen wir auf der Veranda unserer Ranch, tranken kühles amerikanisches Bier und sprachen über die Ereignisse, dir rund um „Sommersonne passierten.

„Das ist kaum zu glauben", sagte John und tat so, als ob er nichts wüsste.

„Ich war fest davon überzeugt, dass Julia dich geschickt hat, tja, so kann man sich irren . . ."

„Du hast dich nicht geirrt . . . Julia hat mich tatsächlich geschickt."

„Ach, warum hast du mir das nicht gesagt?"
John zuckte nur mit den Schultern.

„Sie sagte, du siehst, genau wie ich, ein Patron der Seelen und das du meine Hilfe brauchst . . .

„Ein was?"

„Ein Patron der Seelen."

„Was ist denn das? Hatte sie nie erwähnt . . ."

„Das heißt, wenn irgendwo Seelen in Gefahr sind, sind wir, die Patronen der Seelen, dazu da, ihnen zu helfen.

„Das heißt, du hast auch so . . . na ja . . . so magische Kräfte eben . . .?"

„Ja. Und dein Bruder auch . . ."

„Du auch?"

„Ja . . ."

„Warum habt ihr mir nichts davon gesagt?"

„Weil du es selber herausfinden solltest."

Ich war baff. Kaum zu glauben, dass die beiden mir das verschwiegen hatten.

„Es war uns untersagt, dir etwas zu sagen."

„Untersagt? Von wem?"

„Vom Hohen Rat der Patronen. Unseren Bossen in der Welt Kalanae?"

„Schön, dass ich das auch mal erfahre. Find ich wirklich klasse."

Die beiden lachten.

„Was gibt es hier zu lachen? Ich find's nicht witzig."

„Hey, tut uns ja leid, aber so lautete der Befehl."

„Sind wir hier bei der Navy, oder was?"

„Du sollst übrigens in einer Stunde vor den Rat treten?"

„Na klasse, Tom, und wann wolltest du mir das sagen?"

„Na, ich sag es dir doch jetzt."

„Witzig, wirklich sehr witzig."

Eine Stunde später stand ich nun tatsächlich vor dem Hohen Rat der Patronen. Die Männer und Frauen vor mir waren alle Weiß gekleidet und saßen im Halbkreis auf Stühlen aus durchsichtigem Glas. Mir kam es vor als stünde ich vor dem Rat der Jediritter, so sehr erinnerte mich das alles an Star Wars.

„Ich möchte dich herzlich willkommen heißen, Lorelei, sagte das Oberhaupt des Rates (Master Joda – oh nein, das war verrückt)."

„Ich danke Euch."

„Wie du nun erfahren hast, bist du ein Patron der Seelen und bis jetzt der mächtigste von allen. Deine Kräfte sind überragender, als alle anderen, die ich bis jetzt gesehen habe. Du wirst noch so vielen damit helfen."

„Ich wäre Euch dankbar, oh, jetzt hatte ich ihn tatsächlich fast Master Joda genannt."

Wenn ihr mir das genauer erklärt.

„Viel gibt es da nicht zu erklären. Du hast außerordentliche Fähigkeiten. Wenn du in einer Situation bist, sagt dir der Geist deines Patrons, was zu tun ist. Keiner kann genau wissen, was für Fähigkeiten er hat, das ist ja genau das, was einen

Seelenpatrone ausmacht. Und denke daran, du kannst immer was dazu lernen."

„Ich danke Euch."

Er gab mir ein Amulett, und legte seine rechte Hand auf meinen Kopf, als ich vor ihm kniete.

Er flüsterte etwas auf eine andere Sprache, die ich nicht verstand und sagte anschließend:

„Nun kannst du wieder gehen, du bist jetzt dafür bereit, für das Gute, und für die Seelen zu kämpfen."

Nun gestand ich mir endlich ein, dass ich auserwählt worden war, dazu berufen war, all dies zu tun, dass zu sein, was ich nun mal war und immer noch bin – Ein Patron der Seelen . . .

Ende

Anmerkungen des Autors:

Sie können mit mir sehr gerne in Kontakt treten, entweder per Post, E-Mail oder Telefon. Mich können Sie auch auf folgender Website: www.sandrohuebner.de besuchen und kontaktieren. Ihre Bestellungen können auch darüber erfolgen.

Bisher erschienen:

Autor: Sandro Hübner
Titel: SAD SONG
- Trauriges Lied -

Genre: Kriminalroman
Seitenanzahl: 66
ISBN: 978-3-7407-3007-9
Verlag: TWENTYSIX

Autor: Sandro Hübner
Titel: Juliette und Taddei eine Liebe forever

Genre: Liebesroman
Seitenanzahl: 68
ISBN: 978-3-7407-3030-7
Verlag: TWENTYSIX

Autor: Sandro Hübner
Titel: Rückkehr eines träumenden Delfins

Genre: Roman
Seitenanzahl: 56
ISBN: 978-3-7407-3399-5
Verlag: TWENTYSIX

Autor: Sandro Hübner
Titel: Fesselnde Psycho-Horror-Geschichten

Genre: Horror
Seitenanzahl: 208
ISBN: 978-3-7407-4455-7
Verlag: TWENTYSIX

Autor: Sandro Hübner
Titel: Spannende Thriller-Geschichten

Genre: Thriller
Seitenanzahl: 152
ISBN: 978-3-7407-4636-0
Verlag: TWENTYSIX

Autor:	Sandro Hübner
Titel:	Doppelt stirbt sich besser, mit einem grauenvollen Biss

Genre:	Psychohorror
Seitenanzahl:	512
ISBN:	978-3-7407-4697-1
Verlag:	TWENTYSIX

Autor:	Sandro Hübner
Titel:	TITANIC Ein Augenzeugenbericht von Helena F. Lang

Genre:	Roman
Seitenanzahl:	88
ISBN:	978-3-7407-5058-9
Verlag:	TWENTYSIX

Autor:	Sandro Hübner
Titel:	Unheimliche Gruselgeschichten - Teil I -

Genre:	Gruselroman
Seitenanzahl:	244
ISBN:	978-3-7407-5067-1
Verlag:	TWENTYSIX

Autor:	Sandro Hübner
Titel:	Unheimliche Gruselgeschichten - Teil II -

Genre:	Gruselroman
Seitenanzahl:	208
ISBN:	978-3-7407-5068-8
Verlag:	TWENTYSIX

Autor:	Sandro Hübner
Titel:	Der Fitnesstrainer

Genre:	Roman
Seitenanzahl:	132
ISBN:	978-3-7407-5075-6
Verlag:	TWENTYSIX

Autor:	Sandro Hübner
Titel:	Das Bett des Horroralptraums

Genre:	Horror
Seitenanzahl:	128
ISBN:	978-3-7407-5139-5
Verlag:	TWENTYSIX